DARIA BUNKO

淫獣の楔 -生贄の花嫁-

西野 花

ILLUSTRATION 笠井あゆみ

ILLUSTRATION
笠井あゆみ

CONTENTS

この作品はフィクションです。
実在の人物・団体・事件などに一切関係ありません。

淫獣の楔 -生贄の花嫁-

「――はっ、はあっ、はあ…っ」

背後から迫る殺意から、水葉《みずは》は懸命に逃げていた。

幼い頃からこの山を遊び場として育った水葉は、山道に強い。だが、追っ手から逃れるために道のない斜面を駆け上がるという行為は、体力を大幅に削ってくる。

それでも水葉は足を止めるわけにはいかない。捕まったらきっと殺される。

――父のように。

小桜《こざくら》家の当主である水葉の父は、ほんの少し前に突然何者かによって殺された。

『――水葉、行け。御山《みやま》の頂上の祠《ほこら》へ』

父は今際《いまわ》の際《きわ》にそう言った。水葉は父を看取ることすら許されずに、まだ惨劇の生々しさ覚めやらぬ現場を後にし、小桜家の裏手に位置する紅山《くれないやま》へと駆け出す。

「――――っ」

木の根に足を取られ、水葉は斜面に膝をついた。硬い根に打った足が痛むのも構わずにすぐさま起き上がり、再び足を前へと踏み出す。

この身を敵の手に渡すわけにはいかない。

水葉は、『鍵』なのだ。

この世とあの世を隔てる鍵。この紅山のどこかにあるという黄泉《よみ》の門は、その『鍵』で開く。

黄泉の門が開けばそこから亡者が溢れ出し、人の理《ことわり》は崩壊して、この世もあの世に呑み込まれてしまう。

それを防ぐために、小桜家は遥か昔から『鍵』の管理をしてきた。そして『鍵』をその身に宿した水葉は、その肉体そのものをこの世のものではない存在に狙われることとなるのだ。

心臓が破裂しそうになり、喉の奥から血の味がする。身につけた袴《はかま》も泥だらけになり、手足のあちこちには小さな傷が出来ていた。

身体《からだ》がひどく重たい。このままでは敵に捕まるのも時間の問題だと思ったその時、ふいに視界が開けて、小さな山小屋のような建物が見える。だがその山小屋は四方に白木が打ち込まれ、周囲をぐるりと注連縄《しめなわ》が張り巡らされていた。水葉はこの場所を知ってはいたが、足を踏み入れたことがない。ここの管理は父がやっていた。お前は不用意にここに近づいてはならない。ここに眠る魔獣にとって食われてしまうから。と、父は水葉にそう言い聞かせ続けていたのだ。

それでも子供の頃、好奇心にまかせてすぐ近くまで来たことがある。さすがに中に入ることはしなかったが、注連縄のまわりをぐるりと回って中の様子を窺《うかが》った。なんだ、何もないじゃないか。そう思って幼い水葉は帰ろうとした。

その時、どこからか、低い獣の声が聞こえたような気がして、水葉はびくりと背を震わせて足を止める。それは地の底からか、それとも風に乗ってなのか、どこから聞こえてくるのかわからない。だが、そのうちにはっきりと気がついた。獣の声は、背後の建物――祠から聞こえてくるのだと。

水葉は次の瞬間、脱兎《だっと》のごとくその場を逃げ出した。そうして転がるように家に駆け込んだ水葉を見て、父にどうしたのだと問いただされる。

嘘をつくことは出来なかった。目の前の父親だけが、この恐怖から助けてくれるような気がしたのだ。

山頂の祠の近くまで行ったと告白した水葉は、父にこっぴどく叱られた。その時にはまだ生きていた母が、もういいでしょうと取りなしてくれるまでその叱責は続いたのだ。

『いいか水葉。私の身に何かあったり、どうしようもない危険が迫った時以外は、あそこに近づいてはならん。あそこには、本来ならお前を守ってくれる者が眠っている』

『――守ってくれる?』

守ってくれるのに、どうして怖がらせるのだろう。水葉が不思議に思うと、父は渋い顔をして答えた。

『あそこにいるのは、魔獣だからだ。荒ぶる獣の神であるそれは非常に力が強いが、必ずしも人間の味方とは限らん』

幼かった水葉には、父の言うことがよくわからなかった。だが、今なら理解できる。修行をして長じ、小桜家に伝わる力と知識を受け継いだ水葉には。

「――――っ」

父が祠と呼んでいた建物の前で、水葉は一瞬だけ立ち止まった。それから意を決して注連縄の中に入る。すると、明らかに漂う空気が違うのを感じる。肌がぴりっと粟立《あわだ》つような、緊張感がある。だがためらっている時間はない。

水葉は祠の入り口に近づくと、懐から古びた木札を取り出した。小桜家の当主が受け継ぐ祠の鍵だ。それを入り口の戸に差し込むと、奥からガチャリと鈍い音がした。戸に手をかけて押すと、少しの抵抗と共にそれが中へ向かって開かれる。

内部には、濃い闇が立ちこめていた。入り口を閉じてしまうと、自分の足先すらわからなくなる。水葉は戸の近くに備え付けてあった蝋燭《ろうそく》をとると、それに火をつけた。自分の周りがぼう、と照らされ、建物の内部が見える。そこには何もなかった。だが、反対側の壁にもうひとつの戸がある。そこを開けてみると、地下へと続く階段があった。その先はまたしても暗闇と、そしてひやりとした空気に包まれていた。だが先ほど注連縄をくぐった時の、拒否するようなものと違い、どこか水葉を呼んでいるような感じがする。何故だかはわからないけれど、そんな気がした。

水葉は階段を降り始める。驚いたことに、それは洞窟《どうくつ》のようなものと繋《つな》がっていた。だが自然のものではない。明らかに人の手が加えられている。

（かなり古いものだ。小桜家の者の手によるものか――）

岩肌を伝い、不安定な足場に時折よろめきながら、水葉は奥へと進んでいった。怖さはある。だがそれ以上に、この状況をなんとかしないといけないという使命感と、そして謎の衝動に導かれていた。子供の頃はあんなに怖かったのに、今はそこに何があるのか知りたいという気持ちが勝《まさ》っている。そして、そこにあるものは今、自分を待っている。そんな予感がした。

どれくらい歩いたことだろうか。ふいに辺りが開けた。そこは大きな広間のようになっており、水葉の目の前に背の高い石碑が、ふたつ並んでいた。

――これだ。

水葉の直感がそう告げる。これが、小桜家が代々隠していたものだ。

その時、離れた場所で何かが壊れる音が聞こえてきた。おそらく追っ手が入り口の戸を破壊したのだろう。もう猶予はない。

「古《いにしえ》の約定《やくじょう》により契約の命を告げる。小桜の当主、水葉が薄紅《うすべに》の血に従い、ふたつの荒ぶる御魂《みたま》を解放し従える。招きに応えよ、深淵《しんえん》より目覚めてその姿を現せ」

水葉は口上《こうじょう》のような祝詞《のりと》を唱え、袴の帯に挟んだ小刀を抜いた。闇の中で、刃がきらりと光る。ためらうことなくその小刀を腕に滑らせると、切られた肌から真っ赤な血が流れ出た。

「従属の証《あかし》として我が血を与える。肉を纏《まと》い、我を護《まも》れ。言の葉を鎖とし、獣の力を貸せ」

滴《したた》る血を、二つの石碑に分け与えた。幼い頃から何度となく教えられてきた儀式の手順。間違いはないはずだった。

だが、目の前の石碑には、何の変化も起こらない。

――そんな、確かに…。

儀式の手順に間違いはなかったはずだ。それなのに、何も起こらない。ここには荒ぶる神はいなかったというのか。そんなはずはない。水葉は確かに、異質な気配を感じ取っていた。

その時だった。背後から、明確な敵意が迫ってくる。水葉がとっさに振り向くと、先ほどの通路から一人の男が姿を見せた。

三十代後半くらいに見える、スーツ姿の男。水葉が袴の裾を汚しながらここまで来たというのに、男の衣服には泥ひとつついていなかった。

「ほう、ここが小桜家の秘窟《ひくつ》か」

男はあたりを見回しながら、むしろのんびりとした口調で言う。

「――汚い足で踏み込むな。ここは神域だ！」

「おもしろいことを言う。私より君のほうがよっぽど汚れているように見えるがね」

男の軽口に、水葉は鋭い眼差《まなざ》しを男に向けた。

この男が、父を殺した。

小桜家に突如現れた男は、父を斃《たお》し、屋敷にいるものに危害を加え、水葉を追ってきた。

「ひとつめの質問の答え。私がどこから来たのかということは、君には見当がついているんじゃないのかな。ふたつめは、その通りだ」

男は水葉に向かって、すい、と片手を上げる。すると周りの空間がぐにゃりと歪《ゆが》み、そこから異形《いぎょう》の者が這い出てきた。それはこの世界には存在し得ない形状をしていた。大きさは子供ぐらいだが、手足は細く、だが節々は太く、禍々《まがまが》しい牙と爪を持った、黄泉に生きる者。

「小桜の秘窟というから期待して来てみれば、そこにある古くさい石碑がそうなのかね？　そこには何もいないじゃないか。――――小桜には魔獣が伝わると聞いてきたが、それも眉唾《まゆつば》ものだったな」

男は両脇に異形の小鬼を従え、水葉を見て蔑《さげす》んだように笑う。

「まあいい。私の使命は、君を連れ帰ることだ。君の中に眠る黄泉の門の鍵――――、それがあれば、この現世《うつしよ》は我々のもの」

「鍵を開ければ、黄泉の者がいっせいにこちらになだれ込んで来るぞ。そうなれば、この世を手に入れるどころじゃない」

「この小鬼達が見えないのかい？　我々はあちらの世界の者達を完全に使役《しえき》することができる。みすみすそれを使わない手はない」

「そんな小物を従えたくらいで、黄泉の世界をどうにかできると思うな」

「どこの手の者だ――――。目的は、『鍵』か」

水葉の言葉は、男の癪《しゃく》に障《さわ》ったらしかった。男の感情と連動したように、小鬼がギャッギャッと騒ぐ。

「小物かどうかは、確かめてから言ってもらおうか」

男は腕を一振りした。すると、二匹の小鬼がいっせいに水葉に飛びかかってくる。

その場を飛び退《の》き、懐から札を出して放つと、それは小鬼の手足に張りついて動きを止めた。

「ほう――――、なかなかやるな」

男が空中で印を結ぶ。すると動きが鈍っていた小鬼が、また素早く水葉に飛びかかってきた。

再び身を翻《ひるがえ》して避け、札を投じる。一瞬動きを止めたが、やはりすぐに立ち直り水葉を襲ってきた。手にした小刀で応戦するが、小鬼の力は思っていたよりもずっと強かった。

「――――ちっ！」

鋭く舌打ちをし、姿勢を低くしたまま駆け出す。水葉を追ってきた小鬼を、小刀でなぎ払った。だがそれらは身軽に水葉の攻撃を躱《かわ》し、馬鹿にしたように醜悪な笑みを浮かべる。

ザッ！　と地面に音を立てて飛びすさり、水葉は既《すんで》のところで小鬼の攻撃を避けた。

「はあっ……！」

息が上がり、こめかみに汗が一筋流れる。

「防戦一方では、いつまでも終わらないぞ」

男の言う通りだった。だが、水葉の力は攻撃用のものではない。だから魔獣が必要なのだ。

水葉の武器となり得るための。

だが、その魔獣が今、沈黙している。

「――いったい何している。さっさと出て来い！」

小鬼の攻撃を防ぎながら、水葉は苛立《いらだ》たしげに吐き捨てた。小鬼の爪が頬を掠《かす》め、白い頬に細い傷を作る。身につけていた小袖《こそで》もあちこちが爪によって破れていた。

「あ！」

臑《すね》に鋭い痛みを感じたかと思うと、水葉は身体のバランスを崩し、地面に倒れ込んでしまう。

「――あまり傷をつけるな。私がお叱りを受ける。鍵を使う前に愉《たの》しまれるらしいからな」

男の言葉がどういう意味なのか、わかりたくもないのにわかってしまう。

『鍵』を宿した人間は、その魂のきらめきから、人の欲望を必要以上に煽《あお》り立ててしまうらしい。そのせいで水葉は、こんな山の中に隠されて生活するはめになってしまった。

「気絶させろ」

ああ駄目だ、と思った。

もうじき自分は意識を奪われてしまう。そして次に目を覚ました時は、おそらく死んだほうがましだと思うような目に遭《あ》わされるのだ。誇りも矜持《きょうじ》も、何もかもを踏みにじられるような。

――それくらいなら。

水葉は小刀を握る手に力を込めた。

それくらいならいっそ、今ここで自分の命の始末をつける。

「ギャッギャ――――」

耳障りな声を上げて小鬼が躍《おど》りかかってきた。水葉は小刀の刃の切っ先を、自分の胸へと向ける。

次の瞬間、小鬼の姿が消えた。正確には、黒い霧となって消滅した。まるで、何者かにかき消されてしまったように。

男は顔いっぱいに疑問符を浮かべている。ということは、男が消したのではないのだろう。

「――――久方ぶりの現世に来てみれば、さっそく荒事《あらごと》か。なかなか楽しめそうだな」

聞いたことのない男の、張りのある声がその場に響く。

「さて、私らのご主人様にちょっかいかける奴はぶっ殺さないとね」

もう一人、先ほどと比べ少し柔らかい、けれど言葉の内容は物騒な声が響く。気がつけば、水葉の目の前に二人の男が立っていた。どちらも背が高い。後ろ姿しか見えないが、どこか昔風の装束《しょうぞく》を着ていて、一人は黒髪、もう一人は赤褐色《せきかっしょく》の髪色だった。その気は猛々《たけだけ》しく、明らかに人ではない。

「お――――お前達は⁉」

「お前がさっき言ったのだろう。『魔獣』だとな」

「そ、そんなはずはない。小桜には魔獣はもういないと」

男が慌てたように言った。

「誰がそんなこと言ったのさ。いるって。そりゃあ、時にはここを抜け出して遊びに行くこともあるけどね」

「帰ってみれば呼び出しがかかっていた。――すまなかったな。待たせた」

その時、黒髪のほうが振り返り、続いて赤褐色の髪のほうもこちらを見た。

「――」

水葉は目を奪われる。

彼らは自らを『魔獣』と言った。それでは、水葉が封印を解き、目覚めさせようとした荒神《あらがみ》は彼らなのだ。

「約定に応え、お前に俺達の名を授けよう。俺は矢斬《やぎり》」

「私は火月《かげつ》。よろしくね」

矢斬と名乗った魔獣は、男らしく端整な顔立ちで、荒削りな色香さえ漂わせている。やや癖のある黒髪を無造作に後ろに流していた。頭の横に、獣の耳のような毛束がある。これが人間の男だったなら、さぞかし女性が熱を上げるだろう。そんな危険な魅力があった。

そして火月と名乗った方は、肩を越すウェーブがかかった赤褐色の髪をしていて、どこか女性的な雰囲気を漂わせていた。だがやはり整った顔立ちはどう見ても男性のもので、矢斬ほどではないが体格もしっかりとしている。神にもこういった者がいるのだと思わせるような、風

変わりな出《い》で立ちだった。火月もまた、頭部の左右に獣の耳のような毛束がある。

「長い間主人がいなかったとあっては、まだ充分に力を発揮できないだろう」

それまで黙って三人の話を聞いていた男は、腕で空中に新たな印を切る。すると、先ほどとは明らかに質量の違う、凶暴な気が辺りに満ちた。空間が歪み、そこからズズ…、と、新たな異形が姿を現す。

(――――大きい)

先ほどの小鬼とは比べ物にならなかった。少なく見積もっても二メートルはゆうにあるだろう。頭が牛を思わせる形をしていて、ねじれた角が生えていた。

「そんなひよっこでは思うように力を奮《ふる》えまい。魔獣達よ。どうせならこちら側につかないか？　そんな未熟な主人に仕えていても仕方がないだろう」

「……っ」

男の言葉に、水葉は唇を噛む。『鍵』の使命を宿して生まれてきた以上は、修行はしてきたつもりだった。だが、こんな時に戦う力がない。自分の役目は別にあるとは言え、守られるだけというのは歯がゆいものだった。未熟とそしられても仕方がないのかもしれない。

だがそれは、水葉には屈辱的なものだった。

「お前にはこの魔獣達は扱えない。小桜の正統な当主の血を引き、なおかつ『鍵』である俺でなければ」

そんな言葉が思わず口をついて出た。そうだ。もう父はいない。これからは自分が、小桜を背負っていかねばならないのだ。

そんな水葉に、魔獣達はおや、という表情を浮かべ、互いに顔を見合わせる。そして男はと言えば、そんな水葉をはは っ、と笑い飛ばした。もはや最初の慇懃《いんぎん》な態度もない。

「若いというのはいいものだ。自らの実力も知らず、いい気になっていられる」

男が喚《よ》び出した牛鬼が、ずん、と歩を進めた。その威圧感に、水葉の背が微かに戦慄《わなな》く。

(怖いものか。怖くなんかあるはずがない)

怯《ひる》んだ様子を見せれば、魔獣達はたちまち水葉を見限るだろう。今の水葉は、魔獣達に命令を下し、この男と牛鬼を退《しりぞ》けなければならない。

「――――矢斬、火月、牛鬼と、その男を倒せ」

「それは命令か？」

「もちろんだ。そのためにお前達を目覚めさせたのだから。だからその男の甘言《かんげん》に乗ることは許さない。俺に名を名乗ったのだから、これからは俺のために動け」

あえて高圧的に宣言すると、矢斬がふっ、と笑った。

「なかなか可愛いご主人様じゃない？　気に入ったな、私」

「めずらしく気が合ったな。俺もだ」

魔獣達が、揃って前に出る。次の瞬間、牛鬼の咆哮《ほうこう》が洞窟の中に響いた。その巨体には見合わない速さでこちらに突進してくる。

「――――!」

水葉は思わず息を呑んだ。

彼らは無造作に片手を前に出す。それはまったく力みのない、軽い動作のように水葉には見えた。

だが次の瞬間、牛鬼の胴体に大きな穴が開いた。

「え」

「なにっ……!?」

水葉よりも、牛鬼を出した男のほうが驚愕《きょうがく》の声を上げる。牛鬼の動作が止まり、それからゆっくりと身体が傾《かし》ぐ。巨体が地面に倒れる寸前で、さきほどの小鬼と同じように、黒い霧のような塵《ちり》となって消えていった。

「――準備運動にもなりゃしない」

火月が肩を回して呟《つぶや》く。

「同感だ」

続ける矢斬もまた、まるで何もしていないように見えた。

水葉は口の中が乾いていくのを感じる。彼らはあまりにも戦うことに特化しているように見えた。もしも扱いを誤れば、おそらく取り返しのつかないことになるだろうということも。

――――だがそれは、すでに覚悟の上だった。

水葉は彼らの力の煽りをくらって倒れている男を見やると、魔獣達を押しのけて前へ出る。

「答えろ。お前はいったい何者だ。どこから来た」

男は口から血を流したまま、皮肉に笑った。

「いずれわかる。この世に混沌《こんとん》を呼び込み、制圧するために、我らは動くのだ」

「そんなことをして何の意味がある」

水葉の声が怒りで震えた。父は、その混沌とやらに殺されたのだ。水葉は、ここで自らの手で男にとどめを刺し、父の敵《かたき》を討ちたいという感情と懸命に戦っていた。水葉は幼い頃から、自らの感情を完璧にコントロールしろと教えられてきた。『鍵』を宿す身として、衝動に身を任せるのはあまりに危険だからだ。けれど水葉は、それがうまくできない。つい気持ちを抑えられない時があって、その度に父に叱られていた。けれど叱ってくれる父は、もういない。

「お前は術者だろう!? 術者であればこそ、この世の理と平安を守らねばならないはずだ。それなのに何故…!」

魔鬼は本来人に使役できるものではない。その本能は殺戮《さつりく》と凌辱《りょうじょく》に占められ、人の言うことを聞く余地などないはずだ。だが、それらを使役し、しかもその力を他者に与えられる者がいる。

「――――その平安を、不要だと思う者もいるというだけだ。時が来たのだよ。腐りきった安《あん》寧《ねい》を覆《くつがえ》す時だ。その魔獣どもは確かに強力だが、時代の流れには逆らえまい」

水葉は魔獣達を振り返った。彼らは、つまらなさそうな顔で男と水葉のやりとりを眺めている。まるで自分には関係ないとでも言うように。

「――この世は人間だけのものではない。鍵を宿したお前は、これよりその肉体をあらゆる魔鬼から狙われるだろう」

「――……っ」

『鍵』として、水葉が使える力は三つある。ひとつは、黄泉の世界とこの世を繋ぐ門を開ける役割としての力。ふたつ目は、魔獣を目覚めさせ使役する力。そして三つ目は、未《いま》だ水葉の肉体の中に眠るものだった。

水葉は魔獣の封印を解いてしまったために、あの世とこの世の間にある世界に、淫獄《いんごく》にアクセスしてしまった。それがきっかけとなって『鍵』としての存在が活性化し、魔鬼達にとってこの上なく芳《かんば》しい匂いを放つようになる。それも教えられてきたことだった。

「せいぜいあがくんだな…、あの世から、見ていてやるよ……」

男はそう言って事切れた。

水葉はしばらくその屍《しかばね》を見下ろすと、ゆっくりと背後の魔獣と呼ばれる神に向き直った。

猛々しくも美しい、力強いその姿。見ていると何故だか胸がざわつく。

「お前が俺達の主人だ。相違《そうい》ないな」

「もちろん」

毅然《きぜん》とした態度をとろうと努めるも、今の水葉には正直自信がなかった。さきほどは使役者としての自覚を促すため強い言葉を使ってしまったが、あれはその場の勢いのようなものだ。また己の衝動に流されてしまったと、思わず自省する。

水葉はまだ若い。この間成人したばかりだ。当主としてはもちろん、術者としても未熟者で、圧倒的な力を持った目の前の獣の神を使役できるのかという気持ちにすらなってくる。

だが、やらなければならない。

父は水葉にすべてを託《たく》したのだ。『鍵』としての役目を負っている以上、この世の命運が水葉の肩にかかっているといってもいい。表の世界で生きる人間達は、まだ何が起こっているのか気づいていないだろう。だがこのまま敵の好きにさせていれば、いずれ一般の世界にも影響が出てしまうだろう。それを防ぐのも、水葉の役目だった。

「そんなに深刻な顔しないでよ。こっちまで滅入《めい》ってしまうじゃない」

火月が相変わらずの独特な口調で言う。

「まだまだ頼りない主人だな。そんな様子で自分の身が守れるのか」

「そのためにお前達がいるんだろう」

図星を指されてしまって、水葉はついつっけんどんな調子で返してしまった。内心でしまった、と思いながら。言われた矢斬はまったく気にしたふうもなく、口の端を上げている。

「いいじゃない。なかなか気が強い可愛い子で私好みだわ」

「可愛いのは同意だが、薄紅の生まれ変わりとは思えんな」

矢斬の言った薄紅という名前に、水葉の口元が引き締まった。

小桜家の歴史は、とある強力な術者から始まる。薄紅という名のその術者は、元々は白拍子《しらびょう し》であったらしいと聞くが、卓越した力を持っていたという。まだ荒魂《あらみたま》であった矢斬と火月を調伏《ちょうぶく》して使役し、その当時に現世に蔓延《はびこ》っていた魔鬼達を退けて黄泉の国へと送り返した。

そして薄紅は自らを鍵とし、その力を後の世に伝えることになる。

いつかまた、黄泉の門がこじ開けられそうになる日が来ると、薄紅は再びこの世に甦《よみがえ》り、その役目を果たす。その時に力を貸すのが、この矢斬と火月の魔獣達だ。

「薄紅って、どんな人だったんだ」

「そうねえ…、一見大人しそうだったけど、実際はとんでもなかったわね。あそこまでボコボコに殴られたのは初めてだったもの」

「ああ。奴は俺達を完璧に支配していた」

そんなふうに言われると、まるで今の自分と比べられているようで、水葉は居心地の悪い気分になる。小桜の始祖《しそ》とも言うべき術者と未熟者の自分では、実力に隔たりがあって当然だ。恥に思うことはないのに、水葉にはそうできない理由がある。

水葉が薄紅の生まれ変わりだということだ。

実感があるかと問われれば、あまりないと答えざるを得ないだろう。

けれど水葉には、幼い頃から繰り返し見る夢があった。

どこかの山の中。自分は誰かと一緒に戦っている。それは二頭の獣だった。巨大な犬と猫のような姿をしたそれは、水葉を守り、周りを囲む敵をなぎ倒していく。その獣達と一緒にいれば、まるで負ける気がしなかった。

あれは記憶なのだろうか。水葉は生まれてから、お前は薄紅という祖先の生まれ変わりなのだと言われて育った。自らを『鍵』とした運命を引き継ぐ存在なのだと。

そう言われて、最初は困惑したのを覚えている。遠い祖先の魂を引き継いだと言われても、自分は自分でしかないからだ。もしも自分がその薄紅という存在と同じなのだとしたら、今ここにいる水葉は何だというのだろう。目の前の自分に従うという魔獣達もまた、薄紅と水葉を同一に見ているのだろうか。

胸が、きゅっと痛むような感じがした。自分はいつも、偉大な始祖と比べられていた。

だが、やらなきゃ。

水葉の意思はどうあれ、自分は役目を背負って生まれてきてしまった。人は誰しも役割から逃れることはできない。水葉しかそれが成せないというのなら、やるしかないだろう。

「…俺が未熟な主人だというのは認める。仕えがいがないというのなら我慢してくれと言うしかない。それでも、俺が『鍵』として生まれてきた以上、お前達には俺を護る役目がある。約定を果たしてくれ」

強がりながらも、水葉は魔獣達に向かって頭を下げた。自分よりも遥かに上位の存在に対して敬意を表しつつも、上下関係をあやふやにしてはいけない。これも、父から厳しく言われていたことだった。

「…あのねえ、そんなの、言われなくともわかってるって」

火月の軽い口調に、思わず頭を上げる。

「私達、薄紅の魂には逆らえないからね。あんたが『鍵』だってのは私達にはわかる。心配しなくとも、ちゃんと仕事してあげる」

「…っ本当か」

「少なくとも、覚悟だけは出来ているようだからな」

矢斬にもそう言われ、水葉は少しだけ安堵《あんど》した。これで魔獣達の力を借りることが出来る。

「では、契約の儀といこうか」

「え…？」

水葉はきょとんとした。契約の儀？　そんなことは父からも聞いていない。何か、やることがあったろうか。戸惑《とまど》っていると、ふいに矢斬が距離をつめてきた。思わず身体が固まる。すると次の瞬間、顎《あご》を掴《つか》まれ、上を向かされた。

「……っ」

唇が重ねられる。口づけをされているのだ、とわかるまでに、数瞬かかった。それは水葉にとって、初めての行為だった。

「ん、ぅ」

――――思い出した。

古い文献を読んだ時に、そんなことが書いてあったような気がする。

水葉は魔獣達の力を借りる代わりに、その身を捧げなければならない。白拍子でもあった薄紅は、自らの肉体でもって魔獣達の荒ぶる魂を鎮めたという。だから水葉も、薄々覚悟はしていた。だからこれが、契約の儀というわけか。

矢斬の舌が水葉の口内をゆっくりと舐め上げていく。奥で縮こまろうとする舌を捕らえられてしゃぶられると、鼻から抜けるような声が出た。喉が上下して、送られる唾液を呑み込む。不思議と嫌悪感はなかった。膝から力が抜けていって、かくん、と折れそうになると、矢斬の力強い腕が腰を支える。ようやっと唇が離れると、水葉ははあっ、と熱い息を漏らした。

「…ふ、初《うぶ》なのも可愛いな。この場で食ってしまいたくなる」

それは言葉通りなのか、それとも別の意図があるのか、と呆けた頭で考えると、反対側から腰を引かれ、次の瞬間には火月の腕の中へ収まっていた。

「私にも水葉の唾液味わわせてよ」

たった今、矢斬と濃厚な口づけを交わして、うまく頭が働かない。そんな状態で火月にも口づけをされて、身体の芯《しん》がじん、と痺れた。火月は我が物顔で水葉の口の中を舌で蹂躙《じゅうりん》し、敏感な上顎を舌先でくすぐってくる。

「ん、ン」

容赦なく与えられる刺激に、身体がびくびくと震えた。さっきと同じように流し込まれる唾液を、抗《あらが》うこともできずに飲み下してしまう。

「おい、やりすぎだ」

「いてっ」

ふいに矢斬が火月の襟元を掴んで引いたので、執拗《しつよう》な口づけが中断された。口づけの時の呼吸もうまくできなかった水葉は、やっと訪れた解放にはあはあと息を弾ませる。

「ちょっと何するわけ？」

「ここでがっつくな。今はまだ体液の交換だけだ」

「あー…、そうね。急に私達を受け入れると、負荷がかかるもんね」

「そうだ。俺達はまだ縁が繋がったばかりだ。準備していかないと、食っても美味《うま》くないぞ」

何やら物騒な会話が聞こえて、水葉は空恐ろしくなる。

口づけされただけだというのに、なんだか別の世界に連れていかれたみたいに気持ちがよかった。あれ以上のことをされてしまったら、いったいどうなってしまうのだろう。

「そんなに怯えた顔をするな。無理強《じ》いはしない。いずれお前のほうから求めるようになる」

「な…何を」

「わかってるんでしょう。今のあんたは、私達を封印から解いて、私達と縁が出来たの。そうなると、その肉を供物《くもつ》として捧げなければならない」

「知ってる。けど、そんな詳しくは…」

父もそれは伝えづらかったのか、具体的には教えられなかった。だいたい、水葉も魔獣達も男の身体である。男同士でのそういった行為がどのように行われるのか、水葉にはよくわからない。

「心配するな。その時が来たら優しく食ってやる」

「ちゃんと自分でわかるから、すぐに私達を呼びなさい。たっぷり可愛がってあげるから」

やはり、そういうことか。

この後、自分の身に何が起こるのかうっすらとわかってしまい、水葉はいたたまれなくなる。自分の身体がどうなってしまうのか、それを考えると及び腰になった。人の身でありながら、神に抱かれる。

「お、俺は、そういうこと、したことがなくて…っ」

「でしょうね。さっきのキスでわかったわ。ちょっと舌を吸っただけでめっちゃびくびくして、可愛かった」

「そんなふうに言うな！」

思わず反論すると、矢斬がおかしそうに笑う。
こんな調子で、ちゃんと役目を果たせるのだろうか。
前途多難な行く先に、水葉は不安しかなかった。

「――――水葉兄様！」

「水葉君」

小桜邸に戻ると、父の弟である小桜宗明《むねあき》と、その息子である菊名《きくな》が迎えた。宗明は山から下りた市街地で事業を営んでおり、本家を金銭的にバックアップしている。菊名は、次期当主である水葉の側仕《そばづか》えとして本家に同居していた。

「宗明叔父《おじ》様。…来てくださったんですか」

「ああ。本家が襲撃されたと聞いて…、兄さんは…君の父さんは、残念だったよ」

声のトーンを落として告げる宗明に、水葉は視線を下げた。

「俺が未熟だったせいです」

「そんなことはない。『鍵』である君が無事だっただけでも、本当によかったよ」

宗明は落ち着いた、柔和な雰囲気と物腰の男で、厳しい父とは正反対だった。彼は術者としての才能は乏しく、その代わりに経済的に小桜家を支えることにしたらしい。

「――――菊名。お前がついていていながら、なんという様《ざま》だ」

「すみません」

「宗明叔父様、菊名に責はありません。俺がもう少しちゃんと戦えれば――」

水葉には優しい叔父だったが、実の息子には厳しかった。菊名は叱責され、恥じ入ったように俯《うつむ》いて謝罪する。彼はまだ十八歳だ。敵の襲撃に対応しろというのも無理な話だろう。

「水葉君の力は戦いのためのものではない。だから菊名がここにいるんだ。その役目を果たせなくてどうする」

「面目次第もありません」

菊名は本家当主となる水葉の側仕え兼護衛となるよう、十三の時からここで暮らしている。まだ両親が恋しい年だろうに、本家で気を遣いながら自分に仕えている菊名を、水葉は不憫《ふびん》に思っていた。それでも屈託なく自分を慕ってくれる彼を、本当の弟のように感じている。菊名は物静かな面差《おもざ》しで大人しい性格だ。彼こそが、戦いには向いていないだろうに。

「宗明叔父様。魔獣の封印を解きました」

「何…？」

水葉の言葉に、宗明は瞠目《どうもく》した。菊名もまた顔を上げて水葉を見つめる。

「現れたのか」

「はい。追ってきた敵を、倒しました。今は、俺の眷属《けんぞく》に」

魔獣は今は姿を消している。それでも実体が見えないというだけで、すぐ側にはいるそうだ。

確かに、気配を探ってみると、彼らとおぼしき存在を感じ取ることができる。

「――でかしたぞ水葉君、さすがは小桜の当主だ。これで兄さんも安心するだろう」

宗明は誇らしげに水葉を褒め称《たた》えた。気恥ずかしくなりながら曖昧に微笑《ほほえ》むと、小さく笑いながら水葉を見つめる菊名が目に映った。

「菊名」

「はい」

名を呼ばれて返事をした菊名に、水葉は微笑んでみせる。

「俺を御山に逃がしてくれてありがとう。おかげで魔獣の封印を解くことができた」

菊名は敵の襲撃に遭いながら、水葉が御山へ行くまでの時間を稼いでくれた。それが少しでも遅れていたら、水葉は魔獣の許《もと》にたどり着く前に、あの男に捕まっていただろう。

「――いいえ、そんな、当然のことをしたまでです」

菊名の袴もあちこちが破け、汚れていた。おそらく戦ってくれたのだろう。戦闘ではまるで役に立たない水葉を守るために。

「犠牲は出てしまった。けれど、得るものもあった。きっと、これからどうするかで、結果が変わる。――宗明叔父様」

「うん？」

「敵の調べは、ついているんですか」

水葉が狙われるということは、黄泉の門を開けようという輩《やから》がいるということだ。

だが、あの男は人間だった。ということは、人間の中にそういった思想を持つ者がいるということになる。

「そうだな…」

宗明は顎に手を触れ、考え込むような仕草を見せる。

「この世を混沌に陥《おとしい》れようとする者がいるのは事実だよ」

「もしも門が開けられてしまったら、大変なことになります。きっと、人の世なんて滅んでしまう」

「ああ、その通りだ」

宗明は厳しい顔で御山のほうに視線を向けた。黄泉の門は、この山のどこかにあると言われている。

「ここが襲撃されてしまった以上、分家の櫻多《さくらだ》家の協力も仰いだほうがいいかもしれないな」

櫻多家とは、ずっと昔に小桜家から分かれた分家である。いつの間にか疎遠になってしまい、水葉はもう向こうの分家に誰がいるのかは、現在の櫻多家の当主、公佑《こうすけ》を除いては分からない。

だが彼らも彼らなりのやり方で、陰日向《かげひなた》となって、今も小桜家と同じようにこの国を守っているはずだ。

「私が連絡をとってみよう」

「よろしくお願いします」

水葉はそう言って頭を下げる。

「水葉兄様。身体を清めて、休んでください。今用意しますから」

「そうだな。水葉君、今日は色々と疲れただろう。後のことはやっておくから、休みなさい。これから忙しくなる」

「――――はい」

確かに、疲れていた。全速力で御山を登り、慣れない戦闘をし、そして魔獣達の封印を解いた、というのを一日でやってのけたのだ。自覚すると、身体がひどく重いのを感じる。

それに、幼い頃からの指針であった父を失ってしまったということも、心を不安定にさせていた。厳しかったが、優しい父だった。もういないのだと思うと、寂しさと悲しさで蹲《うずくま》ってしまいそうになる。だがそんな自分を叱咤《しった》して、水葉は気丈に顔を上げた。

「では、失礼します」

「うん。――――ああ、水葉君」

「はい」

宗明に呼び止められ、水葉は振り返った。

「これから大変だろうが、しっかり勤めなさい。知っているだろうが、『鍵』の役割は苛烈《かれつ》だ。…特に、君みたいな子には」

水葉は黙って頭を下げる。宗明は、水葉が魔獣の供物となることを言っているのだろう。箱入りで育てられた自覚があるだけに、彼がそのことを心配してくれているのはわかる。

（薄紅が調伏した時の魔獣達は、今よりももっと荒々しかったらしいけど、いったいどんな手段を使ったのだろう）

残念ながらその時の記憶は水葉の中にはない。いや、幸いにして、というべきか。

水葉は身震いしながら、母屋《おもや》に上がった。

母屋に入ると、まず父の部屋に向かった。部屋の中央には布団が敷かれ、すでに冷たくなった遺体が安置されている。顔にかかった白い布をそっと取ると、蝋《ろう》のように白くなった父の顔が現れた。

「――――」

膝の上で、ぎゅっ、と拳《こぶし》を固める。

この死に顔を、目に焼き付けておけ。

これから先、迷うことのないように。

この状況を招いたのが自分の未熟さだと、忘れないように。

水葉は一度だけ涙であふれそうな自分の目をぐい、と袖で拭《ぬぐ》い、父の顔に布をかけ直す。それから長い時間両手を合わせて目を閉じ、立ち上がると、静かに部屋を出ていった。

水葉の父は火葬にされ、葬儀は水葉が執《と》り行った。小桜家の人間は亡くなると当主が祝詞を唱え、屋敷の敷地内の墓地に埋葬される。それがしきたりだった。

一夜明け、水葉は布団の中で目を覚ます。

（そういえば、あれから見ていないな）

意識を集中させると、確かに彼らはいる。だが、その姿を見せることはなかった。

（用がなければ特に会うこともないってわけか）

あんなに濃厚な口づけをしたくせに。

そんなふうに思う自分が嫌で、水葉は勢いよく布団から起き上がった。両の頬を、ぴしゃん、と叩いて気合いを入れる。

「――――おはようございます。水葉兄様」

洗面を済ませ、水葉が台所に向かうと、菊名が朝食の支度をしているところだった。

「すみません、家政婦の鈴木さんが、昨日の騒ぎで一度山を下りてしまったんです。しばらくは僕がご飯作りますね」

「そんなことなら、俺も手伝うから言ってくれよ」

小桜邸には家の中のことを引き受ける者が何人か住み込みでいるが、昨日、敵の襲撃があったことで、危険だからと一時この屋敷から退《ひ》いてしまったという。なので、今この家に住んでいるのは水葉と菊名の二人だけになってしまったということだ。

「そんな、水葉兄様はもう御当主様なんですから、そんなことさせられません」

「いいから。だってお前一人じゃ物理的に無理だろ」

この広い屋敷の中のことを菊名一人でやるなんて、到底無茶な話だと思う。水葉は菊名から包丁を取り上げ、野菜を切り始めた。

「味噌汁は俺が作るから、菊名は皿出しといて」

「あ、はい。…すみません」

「しばらくは二人しかいないんだし、人間埃《ほこり》じゃ死なないからさ。家の中のことは適当にやろうぜ。…宗明叔父様は？」

「帰りました。調べることがあるからって」

「そっか」

叔父のことを話す時、菊名の声はどこか素っ気なくなる。まるで、わざと感情を込めないように話しているみたいだ。

水葉の父も厳しかったが、父の態度や言葉には水葉に対する真剣な思いが感じられた。だから自分は、その期待に応えようと必死で修行に励んで来られたのだ。

「あの、水葉兄様」

「うん？」

「魔獣達って、今はどこにいるんですか？」

「さあ…、いつも近くにいるって、言っていたけれど」

「もしかして、それってことはないですよね」

「え？」

振り返った水葉は、自分の足元に何かがいるのに気づいた。思わず瞠目して、それを見やる。

「え…え⁉　なんだこれ⁉」

そこにいたのは、犬と猫だった。大型犬くらいの大きさの、灰色と黒のふさふさとした毛並みを持つ犬が、憮然《ぶぜん》とした顔で水葉を見上げている。その隣はやはり大型の猫で、見事な長毛《ちょうもう》の、オレンジ色の猫だった。以前テレビで見た、ソマリという種類の猫に似ている。

「なんだはないだろう。せっかく見える形をとってやったのに」

「そうよ。失礼よ」

犬と猫の口からはっきりと言葉が聞こえた。それは彼らの声だった。

「嘘っ…！　しゃべった⁉　え、ほんとにそれが魔獣…⁉」

菊名が驚きの声を上げると、犬——おそらく矢斬のほう——が、ぎろりと目を光らせる。

「それとはなんだ。食い殺すぞ」

「こら。菊名に対してそういう言い方はやめろ。俺の弟も同然なんだ」

水葉がぴしゃりと言うと、矢斬は本当の犬のように耳をしおれさせた。不服そうに、わかった、と呟く。猫――――火月に、「怒られてんの」と茶化され、喉から低いうなり声を漏らした。

「す、すごい――――、水葉兄様、ちゃんと調伏できてる」

「いや、それは、どうかな……」

「ねえねえ、お魚とかないの？」

「あ、あります。秋刀魚《さんま》ですけど」

「秋刀魚いいじゃない。好物よ」

菊名が火月に強請《ねだ》られて冷蔵庫から秋刀魚を出す。それは、もしかして夕飯のおかずになるものではないだろうか。

「おい、菊名」

「いいじゃないですか。他にも食べるものありますから。供物ですよ。犬の方も、いかがですか？」

「もらおうか」

いや、何普通の犬猫になってるんだよ。

水葉は心の中で盛大に突っ込みながら、菊名に秋刀魚をもらっている魔獣達を見ていた。彼らが魚を骨まで噛み砕くバリバリという音が聞こえてくる。多分、喉に骨が刺さるとか、そういう心配はいらないのだろう。それにしても、すぐさま順応する菊名はすごい。

「よく、すんなり受け入れられるな」

「何がです?」

「そういう状況」

魔獣と縁を結んだ水葉でさえ、彼らが犬猫の姿で現れるということに混乱を隠せなかった。

「菊名は、俺よりよっぽど肝《きも》が据《す》わっている」

水葉がそう言うと、菊名は小さく笑いながら小鉢に煮物を取り分ける。

「魔鬼や亡者という存在が実際に現れるのなら、魔獣が可愛らしい姿で現れることもありましょう」

「馳走《ちそう》になった」

「けっこう美味《おい》しかったわ」

「どういたしまして。また、良さそうなのを仕入れておきます」

魚を平らげて満足したのか、魔獣達はそのまま台所から出てどこかへ行ってしまった。

「なんなんだあいつら」

「なかなかおもしろいじゃないですか。さあ、僕達も朝ご飯にしましょう」

座敷に朝食を運び、菊名と向かい合って食べる。これまでは下働きの者達と父がいた屋敷は、急に静かになったように思えた。

「水葉兄様」

「ん？」

菊名がおもむろに話しかける。

「水葉兄様のことは、僕がお守りします。それが役目ですから」

「――――」

「あっ、もちろん、魔獣達がいれば安心だっていうのはわかっています。僕が言っているのは、こう、人として支えるってことで――――」

「うん、わかってる」

水葉は菊名に微笑んだ。

今回のことで、水葉は自分の未熟さを知った。それは菊名も同じなのかもしれない。だったら、共に精進していけばいい。

「よろしく頼むよ、菊名」

「――――はいっ」

元気よく頷《うなず》く菊名に、水葉も笑い返した。


集中するために入った禊《みそ》ぎの間で、水葉は唱えていた祝詞をふっ、と中断する。

あの襲撃の日から、五日が経《た》っていた。

「……はあ」

身体の中の呼気を逃がすように、ため息をつく。それは熱く湿っていた。まるで肉体が内側から熱を持つように。

(これが、変化って奴か)

あの後水葉は、父が持っていた古文書《こもんじょ》を受け継ぎ、目を通してみた。

魔獣達と縁を結んだ肉体は、彼らの供物となるのだそうだ。供物と言っても実際に捕食されてしまうわけではなく、抱かれることで、その体液が彼らの力――霊力となる。

数日前から、まるで微熱を持ったように身体が熱くなり、皮膚がぴりぴりと敏感になっていった。そして腰の奥が時折収縮するように妖《あや》しく蠢《うごめ》く。その頻度は、日を追う毎《ごと》に多くなっていった。

水葉が重たい身体を引きずるようにして部屋を出ると、廊下を犬と猫が歩いていくのが見えた。彼らはそんな姿で、この屋敷の中を我が物顔で歩き回っている。菊名は彼らのために高級なペットフードや缶詰などを買ってきて当たり前のように世話していた。矢斬と火月は、出されたペットフード、通称カリカリを、最初は怪訝《けげん》そうに眺め、文句を言いつつ口にしていたが、やがて慣れたように食べていた。

「…なに、考えているんだか…」

水葉がこんな状態になっているというのに、魔獣達は何も働きかけてこない。さりとて、自分からなんとかしてくれと言うのもはばかられた。単純に恥ずかしかったというのもあるが、妙な意地もあったのだ。

(俺をこんな身体にしたのはお前達だろ)

それなのに知らんぷりなんて、あまりにひどいんじゃないか。

わかっている。これは水葉と魔獣達の間における正当な契約だ。水葉の前世であるという薄紅がこうして彼らとの支配関係を構築した以上、水葉も同じことをしなければならない。

だが、水葉はこれまで誰かと肌を触れ合わせたことがない。いきなり二人の男に抱かれろと言われて、抵抗がないわけがなかった。

(今日はなんか……やばい)

身体が内側から炙《あぶ》られているようだった。水葉はふらふらと廊下を進み、浴室の扉を開ける。脱衣所で小袖と袴を脱いで裸になると、浴槽のある場所へ移動した。今の時間、風呂は沸いていないが、そのほうが都合がいい。蛇口から水を出すと、桶に溜まったそれを、勢いよく頭から被る。

「――――っ」

肌が一瞬だけひやりとして、心地よい、と思った。だが次の瞬間、内奥がまるでぐつぐつと煮えるように熱くなる。まるで冷やそうとしたことの反動みたいだった。

「あ、あ…っ」

またすぐに水を被っても、いっこうに収まらない。

「な、なんでぇ…っ」

水葉の手から桶が落ちる。それはカラン、と音を立てて、風呂場の隅へと転がっていった。

「は、ぁ…っ、熱い、こんな…っ」

耐えられずに、身体が床に倒れ込む。風呂場の床は冷たいはずなのに、今の水葉にとっては焼け石に水だった。

「もう…っ嫌だ、こんな…っ」

身体が自分のものではないみたいだ。熱い。苦しい。――助けて欲しい。まるで縋《すが》るように、片手が宙空に伸ばされる。

「おね、が…っ」

その手は、虚《むな》しく宙をかくはずだった。だが、その瞬間、誰かに力強く握り返される。

「……っ」

水葉の手を握る男の手。視線を上げると、人の姿をした矢斬と、そして火月がこちらを見下ろしていた。

「大丈夫？　――つらそうね」

ああ、この姿の彼らを、久しぶりに見たような気がする。胸の中に安堵のようなものが湧き上がって、水葉の感情がわっ、と外に流れ出した。

「あ、熱いっ…、もう、身体、ずっと…っ」

「ああ、わかっている」

矢斬に身体を起こされる。彼に触れられているだけでも、身体に妙な感覚が走って、水葉は変な声が出るのを耐えなければならなかった。ふわりとした浮遊感と共に、抱き上げられたことを知る。

「な、お、下ろし…」

「もう立てないでしょそんなんじゃ。無理しないの」

水葉は矢斬に抱かれたまま、廊下を運ばれていった。菊名に見られたらどうしようとひやひやしたが、幸運にも彼とは会わなかった。

矢斬は水葉を自室へと連れて行く。部屋に入ると、そこにはいつの間にか布団が敷かれてあった。そこから連想される行為の生々しさに、思わずどきりとする。

「準備が整ったな」

「ごめんねえ。知らんぷりしてたわけじゃないんだけど、熟すのを待たなきゃならなくてさ」

水葉の身体が、布団の上にそっと下ろされる。

「今からお前を抱くが、覚悟はいいか」

「っ、うっ…」

正直、怖くないわけがなかった。何せ相手は神と呼ばれる存在のひとつだ。人間同士の行為と同じであるはずがない。自分が何をされてどうなってしまうのか、それを思うと恐ろしかった。

「────心配するな。気持ちよくしてやる」

「あんたはただ、そこに横になっていればいいからね。私達がちゃあんとしてあげる」

「んん…っ！」

矢斬に口づけられ、水葉は呻《うめ》くように声を上げる。五日前に洞窟でされたのと同じくらい、いや、それよりもっと濃厚な口づけに襲われて、身体中が総毛立つようだった。

「んく、んんんっ」

舌を吸われながら、魔獣達の手が身体中を滑っていった。敏感になっている肢体《したい》はそれだけでもたまらず、敷布の上で身悶《みもだ》えてしまう。けれど逞《たくま》しい男の身体二体に押さえつけられては、ほんの少し身を捩《よじ》るくらいしかできなかった。

「ふっ、はあっ…はっ」

「はい、今度はこっち。口開けて」

矢斬の唇が離れたと思うと、顎を捕らえられて火月のほうを向かされる。促され、ぼうっとした頭で言うとおりにすると、彼の舌が絡んできてくちくちと淫らな音を立てる。

「あ、ん…んんっ、ああ…っ」

火月の舌に意識を向けていると、胸の辺りで痺れるような刺激を感じた。矢斬の舌先が、胸の突起を転がしている。興奮で尖っていたそれを丁寧に舌でねぶられ、今まで感じたことのない快感というものが身体を走った。

「や、あ、ああ…っ」

「さすがに敏感だな」

何がさすがなのだろう。惑乱《わくらん》し、取り乱した頭では、そんなこともよく考えられない。とろん、と蕩《とろ》けた目を矢斬に向けると、彼は苦笑するような表情を向けてきた。

「俺達と繋がって、供物となる準備が出来たんだ。抱かれたくてしかたがないだろう」

この身体の内側からの熱はやはりそのせいだったのだ。今や身体中を這うような彼らの指に、水葉の肢体が勝手にびくびくと震える。

「はい、腕あげて」

「あっ」

両の腕をそれぞれ頭の上で押さえつけられた。無防備な上半身が露《あら》わになった。

「乳首、もうビンビンじゃない」

火月の指先が、水葉の尖りきった胸の突起を細かく弾き出す。するとたちまち耐えきれない感覚がそこから生まれて、身体中に広がっていった。声が出てしまう。

「は、あぁあっ」

「こっちもか？」

反対側から矢斬の指先が同じように乳首を刺激した。水葉はたまらずに身を捩るが、二人の屈強な獣達に左右から押さえ込まれていてはろくに動けない。

「あっ、あっ、あっ！」

そんな場所、これまでほとんど意識したことすらないと言うのに、そこは未知の快感でもって水葉を翻弄《ほんろう》した。くすぐったいような、むずがゆいような刺激が次第に甘い痺れに変わって、身体の奥がじんじんと疼《うず》く。当たり前のことだが、乳首を弄《いじ》る指の動きは左右で微妙に違っていて、それが水葉に刺激に慣れることを許さない。

「う、あ、あ」

ぶるぶると身体を震わせながら、その快感に耐える。するとふいに獣達が動いて、今度は舌先でもって胸の突起を嬲《なぶ》り始めた。

「んんぁああっ」

また与えられた強い快感に、水葉は背中を反らして嬌声《きょうせい》を上げる。今度のは、もっと耐えられなかった。じゅうっ、と音を立てて吸われたり、舌先で突起を転がすように舐められたり、あるいは乳暈《にゅううん》を焦《じ》らすように舐め上げられたり、様々な責めを加えられて、どうしたらいいのかわからない。

「あっ、あんんっ、あっ」

自分のものとは思えないような声がひっきりなしに上がっていた。こんな声を上げるなんて恥ずかしい。そう思っているのに、止まらない。

「乳首だけでイきそうじゃない？」

「もうこんなに膨らんでいるしな」

初めてなのに、淫らで過酷な愛撫で、水葉の乳首は充血し、ぷっくりと膨らんでいた。そうして脚の間がさっきからずくずくと脈打っていることに気づく。

「乳首だけでイってみるか？」

「いっ…や、嫌だ、あっ…！」

水葉は修行にかまけ、自慰ですら必要最低限しかしてこなかった。自分の中にこんな淫らで、今にもはしたなくねだって、求めてしまいそうな感覚が眠っていたなんて思ってもみなかった。それを受け止めるだけでも大変なことなのに、この上胸だけでイかされたら、おかしくなってしまうのではないか。

もはや意地だのプライドだのでは、人としての生を二十年しか生きていない水葉が、千年以上を生きてきた魔獣に対しては太刀打ちできないことはわかりきっていた。自分にできることは、もうひたすら耐えるだけだ。

「恥ずかしがらなくていいのに。もっと愉しみなさいよ。気持ちいいんでしょう？」

「や…っ、あ…っ！」

「そういう態度は逆効果だぞ。ますます虐《いじ》めたくなる」

「ん、あ、あぁ…っ！」

どうやら彼らは水葉を乳首でイかせることにしたようで、乳首を強く吸い上げてきた。強烈な刺激に見舞われた水葉は、喉の奥からあられもない声を上げて仰《の》け反《ぞ》ってしまう。それは、二つの突起を彼らの前に差し出すような格好になるのだ。

「あ、あ――…、あっあっ、そんなにっ…しないでっ…！」

「だあめ」

「早くイかないと、ずっとこのままだぞ」

責められているのは胸なのに、脚の間がじくじくと疼く。早くそっちを弄ってもらいたい。それなのに彼らは、水葉のそそり立つそれが目に入っていないようで、執拗に小さな突起と、その周りの乳暈だけを刺激し続けた。

「…っ、んっ、んんんあっ」

異様な、と言っていいような感覚が湧き上がる。乳首からもの凄く切ない感覚が全身へと広がったかと思うと、ふいにそれが腰の奥へと直結した。

「あっ、あっあっあっ！」

身体の奥が引き絞られるような快感が貫いて、脚の間のものから白蜜が弾ける。

「ふあぁあっ」

熱くて、蕩けるような快感は初めて味わうものだった。水葉は両脚をがくがくと震わせながら、乳首だけで絶頂を迎えてしまったのだ。

「あ、あ…っ」

信じられない。

自分の肉体の反応が、にわかには受け入れられなかった。自分はこんなに淫蕩な質《たち》ではなかったはずなのに。

「…ちゃんとイけたじゃないか」

「は…っあ…っ」

なにがどうなったのかわからず、水葉は涙を浮かべながら薄い胸を上下させる。その上では、ぷつんと勃《た》ち上がり、愛されすぎて腫れぼったくなった突起が、唾液に濡れててらてらと光っていた。

「ご褒美あげないとじゃない？」

「そうだな」

「な、なに、あっ、あ！　あぁぁああ…っ」

両脚を大きく開かされ、露わになった濡れた股間に、矢斬が顔を埋《うず》める。そうして今のいままで無視していたそれを、その大きな口に咥《くわ》えられてしまった。じゅる、と熱い舌が絡みついてきて、感じやすいそれが吸われてしまう。

「あっ、あっ、ひぃいいっ、やめっ…、やだぁあっ、それっ…！」

強すぎる刺激に耐えられない。ぬるぬると舌で舐められる度に、腰から背中にかけてぞくぞくと快感の波が走る。水葉は髪を振り乱してかぶりを振り、濃厚すぎる感覚から逃れようとした。

「はいはい、気持ちいいからって暴れないの」

「あ…っ、あ――――…っ」

刺激に耐えられず、水葉は背中を大きく仰け反らせた。喉から迸《ほとばし》るあられもない声が自分のものだなんて信じられない。助けを求めるように伸ばした腕を、火月の手に掴まれて押さえつけられる。その優美な外見からは想像もつかないほど強引な仕草だった。

「いっ、あっ、ああっ、吸わな…でっ」

そして矢斬の愛撫は、その野性味を帯びた姿からは意外なほど繊細で巧みだった。絶妙な緩急をつけて吸い上げられたり、自分でも知らなかった感じる場所を舌先でくすぐられたりすると、腰骨が熔《と》けそうな感覚に包まれる。

「あ、んんっ、あっあっ」

「俺達の霊力の元になるのは、主人であるお前から提供される体液と随喜《ずいき》の感情だ。もっと悦《よろこ》ばせてやる」

「そん、なっ、あ、ああんんっ」

裏筋を根元からちろちろと舐め上げられ、腰が浮きそうになった。恥ずかしい。でも気持ちがいい。そこをもっと舐めて欲しい。たっぷりと唾液で濡らして、時にはきつく吸って。

「ひぁ、ア、あぁぁああ…っ！」

頭の中がいやらしいことでいっぱいに埋め尽くされた時、痺れるような絶頂が脳天を突き抜けた。水葉は矢斬に抱え込まれた腰をがくがくと震わせながら、彼の口の中に射精してしまう。

「は、ああ、あぁぁ…っ」

目の前がくらくらする。立て続けの絶頂に、頭がうまく働かない。しかも矢斬は水葉が放ったものをためらいもなく飲み下していた。舌で丁寧に後始末される刺激にもびくびくと反応してしまう。

「いい味だ。まだ処女くさいが、これからどんどん芳醇《ほうじゅん》な味わいになっていくだろう」

「ひ、人を、ワインみたいに…っ」

そう言い返すのがやっとだった。股間から目線を上げてこちらを見る矢斬のにやりと笑う表情がどうにも雄っぽく色気があって、思わずどきどきとしてしまう。

「お尻のほうはどうかな？」

「わ、あっ」

横から火月の手が伸びてきて、双丘を割って最奥《さいおう》に忍び込んできた。それがとんでもない場所に潜り込もうとしているのに、水葉は焦って逃げようとする。だが、身体に力が入らない。

「もう身体がとろとろになっちゃって、言うこと聞かないでしょ。これからもっと感じさせてあげる」

「ふあっ⁉」

その場所に触れられた時、これまで感じたことのないような感覚が込み上げてきて、水葉は驚きの声を上げた。いくら箱入りで育てられたといっても、男同士の性交ではどこを使うのかということぐらいは知っている。だが、今感じているのは得も言われぬ快感で、まさか自分の身体がこんな刺激を受け取るとは思ってもみなかった。

「ん、ん…っや――――…っ、あ」

後孔の肉環を弄られる感覚に、泣きそうな声を漏らした。すると、矢斬が宥《なだ》めるように頭を撫で、こめかみに口づけてくる。優しくされて、少し嬉しくなった。

(簡単すぎないか、俺)

相手は人よりもずっと永い時を生きている神にも等しい存在だ。たかだか生まれて二十年しか生きていない水葉を籠絡《ろうらく》するなど、それこそ赤子の手をひねるようなものだろう。

(あ、でも、こんな…っ、あ、あ、入れられる)

「んん、うっ」

ぬぐ、と後ろをこじ開けられ、火月の指が中に入ってきた。その瞬間、普段は意識もしていなかった身体の芯にあたる部分が、じん、と熱を持ったのがわかる。

「う、く、ああっ」

「そうそう、力抜いて…。ゆっくり、するからね」

火月の指は最初、水葉の中の壁をゆっくり擦り上げるような動きを繰り返していた。初めて受ける肉洞への愛撫に、水葉の両脚がふるふると震え出す。それは決して痛みや苦悶《くもん》ではなかった。むしろ、熱くて、下腹の中がむずむずして、どうにも堪えられないようなあやしい感覚だった。

「よくなってきたみたいだな」

「ん、は、あ、あぁっ」

矢斬の指が優しく乳首を転がし、時折戯《たわむ》れに摘まんでくる。その度に中にいる火月の指をきゅうっと締め上げてしまい、くすくすと笑われるのが死ぬほど恥ずかしかった。

「う…そだ、こんな、すぐ…っ」

この行為は、そんなに簡単に快楽を得られるものではない、と思っていた。それなのに水葉のそこは初めてにもかかわらず、腰の奥がきゅうきゅうとヒクつくほどに感じてしまっていた。

「お前の肉体はすでに俺達に順応している。何もおかしいことはない」

「で…でもっ…」

そんな水葉の戸惑いに、そこを嬲っている火月がおかしそうに告げる。

「私らはもう契約を済ませているから深いところで繋がっているし、あんたはもう供物なんだから、おいしくいただかれるのは当然でしょ」

「は、あ、あぁぁっ」

内部で指がぐり、と回され、強い快感が腰から背筋を貫いてきた。

「ひぁ、うぅ…っ、ああ…っ」

後孔《こ》からくちゅくちゅという音が響いている。火月の指の動きは大胆になって、水葉の媚肉《びにく》を捏ね回すように責めてきた。股間のものの わかりやすい刺激とは違い、身体の内側から熔かされてしまいそうな感覚に、水葉は次第に呑み込まれていった。無意識に腰が揺らいで、あっ、あっ、と喘いでしまう。

「可愛い」

「まだまだ、こんなものじゃないだろう」

「そりゃあね…、けど、わけわかんないって感じでよがってて、もっと泣かせたくなると思わない？」

「それに関しちゃ同感だ」

魔獣達が何か言っていた。けれど、頭の中がぐつぐつと煮えたぎって、どんなことを言われているのかもよくわからない。

「じゃあ、お尻でイかせてから挿《い》れよっか」

「あっ、んっ、んんんっ！」

火月の指が、水葉の内部のある場所に触れると、我慢できなくなるような快感が湧き上がってきた。

「ああっ、はあぁっ、やっ、そこっ…！」

「ほら、ここ？　ここ気持ちいいでしょ」

火月の指がくにくにとその部分をまさぐり、くすぐるように嬲ってくる。そんなことをされたらもうたまらず、水葉の背中が大きく仰け反った。乳首は相変わらず矢斬の指先で弾かれ、捏ねられていて、その快感が腰の奥と繋がる。

「あぁんんっ、んぁ、や、ふぁああうぅ…っ！」

その瞬間、腰の奥で快感が弾けた。そこからじゅわじゅわと快楽が全身に拡がっていって、手足が指先まで痺れてしまう。

「…っん――――…っ」

張り詰めていた股間のものから、白蜜がまた弾ける。

「おっ…と、もったいない」

「ふぁあああっ」

火月がまだ水葉の中に指を挿れたまま、水葉の脚の間に顔を埋め、吐精するものを口に咥えてきた。後ろで達している最中に前を口淫され、悲鳴のような嬌声が喉から漏れる。前後で同時に与えられる異なった快感に、どう耐えていいのかわからない。

「よしよし、きついか？」

「はっ、あっ、あっ！　だめ…っ、だめぇ…っ」

矢斬が宥めるように頬を掌で包んできた。強すぎる愉悦に必死でそれに縋ろうとすると、彼は強引に口づけて舌を絡めてくる。あえぐ声も封じられて、水葉は打ち上げられた魚のようにびくびくと跳ねた。

「はっ、は…っ」

ようやっと火月が股間から顔を上げた時、矢斬もまた水葉を口づけから解放してくれた。

「準備運動はこんなところかな。ほんとはもっと可愛がってあげたいけどね」

「初めてなのにそれではあまりに酷だからな。薄紅とは違う」

まただ。その名前を聞くと、胸の奥がざらりとする。これは何だろう。

「俺が先でいいのか」

「いいよ。あまり初物《はつもの》にこだわりはないからね」

「使われた後の中が好きだと言ってなかったか」

「そうそう。中出しされた後の、いい感じにぐちょぐちょになってるところに突っ込むのがたまんないんだよね」

「相変わらずえげつない奴だ」

呆れたような矢斬の声。この後自分が何をされるのかわかってしまい、水葉は身を竦《すく》ませる。

正直、もう逃げ出したかった。これ以上されるのは、身も心も保たないような気がする。魔獣に肉体を捧げるのだという覚悟も萎《な》えそうだった。

「お前の処女をもらうぞ」

だが、身体に力が入らないこの状態では、逃げられない。いや、たとえ万全の状態であっても、彼らに獲物として認識されてしまったら、食われる以外にないだろう。

「脚を大きく開いて」

「あっ」

水葉の頭の上に移動した火月に、両の足首を掴まれて開脚させられる。恥ずかしい部分を剥き出しにされ、矢斬の前に晒《さら》された。舐められて濡れた股間と、達してヒクつく後孔。その間に位置する矢斬のものが水葉の視界に入る。

「ひ…」

想像以上の大きさと偉容《いよう》に、情けない声を漏らしてしまう。こんなものを挿れられて、果たして自分は無事でいられるのだろうか。

「ま、て、あ…っ！」

「痛くはないはずだ。俺達はお前を抱く時、苦痛を与えられない」

まるで凶器のような張り出した部分が、後孔の入り口に押し当てられる。それは矢斬が少し腰を進めただけで、ぐぷ、と中に入っていってしまった。

「うあ、あ」

（嘘…だろっ）

圧迫感はあるが、苦痛はない。まるで自分の身体が、積極的に彼を受け入れていっているようだった。こじ開けられている場所がじんじんと熱を持ち、内壁の震えが止まらない。

「あん、あ、あっ」

まるで、何年も前からこの感覚を待っていたかのようだった。矢斬の長大なものがゆっくりと体内に埋められていくと、下腹がカアッと熱を孕《はら》む。

「…ふっ、やはり、供物の肉体は違う。呑み込まれていくようだ」

「ん、ん――……、ああ――……あっ」

ずぶずぶと音を立てながら、矢斬の男根が水葉の肉洞の奥へと挿入されていった。どくどくと脈打つものが内壁を擦り上げていくと、下半身が占拠されるような快感に包まれる。

「この身体は初めて男を受け入れるんだよね？　どう？　感想は」

「…っ、あっ、ひ…っ、お、おかしく、なり、そう…っ」

火月に顔を覗き込むようにして問われて、水葉はやっとのことでそう答えた。矢斬が少しでも突発的な動きをしたら、どうにかなってしまいそうだった。彼が中に入っているだけでも、媚肉が疼いてしまっている。

「大丈夫か？」

ほぼ自身を入れてしまったのか、矢斬が窺うように尋ねてくる。水葉は涙の溜まった目で彼を見上げた。もう、行為の中断は無理だ。それならせめて。

「ゆ、ゆっくり…、して、お願…っ」

「ああ、わかった」

矢斬が頷いてくれたので、水葉は思わずほっとした。だが次の瞬間、彼は腰をずっ、と引く。

「え…っ」

挿入《はい》ったものが抜ける寸前まで引き抜かれていった。そうして、また容赦なく、根元近くまで深く沈められる。

「あ…あ――――…っ」

脳天までびりびりと快感が走った。張り詰めた内股《うちもも》にも不規則な痙攣《けいれん》が走る。脚の間でそそり立っていたものから、どぷりと白蜜が零《こぼ》れた。

「またイったのか？」

そんなふうに聞かれて、水葉は初めて自分が達していることに気づいた。あまりのことに取り乱し、嫌々とかぶりを振ってもがくも、獣の神である彼らに易々《やすやす》と押さえ込まれてしまう。

「奥はどうだ…？　そら」

「あっあっ、ひぃぃぃい…っ」

媚肉を押し開かれ、男根の切っ先で奥の方をかき回され、目の前が真っ白になるほどの快感を味わわされた。

「あっ、あっ、お腹…っ、熱、い…っ」

下腹の奥で渦巻く法悦に、意識が次第に搦《から》め捕《と》られていく。媚肉が矢斬の男根に絡みついて、身体が望むままに締め上げると、更に気持ちがいいことに気づいた。

「い…いい、すご、い…っ」

「いい子だ」

覚えがいいと褒められると、なんだか嬉しいと感じる。もうそろそろ大丈夫だと思ったのか、火月が持ち上げていた水葉の足首を離した。

「ご褒美あげないとね…。前と後ろ一緒にされるの、好きでしょ?」

「いぁっ、あはぁああっ」

後ろへの刺激で苦しそうに勃起していた前のものに、火月の指が絡みつく。愛液で濡れそぼつそれをくちくちと扱《しご》かれて、甘い毒のような痺れが走る。

「あっ、あっ…あ、だめ、それ、一緒は、だめぇぇ…っ、ひ、いぃ…っ」

これまで経験したことのない快楽に、理性が熔け崩れていく。それと同時に、何か力の奔《ほん》流《りゅう》のようなものが体内に流れ込んでくるのを自覚した。それは彼らの霊気なのだろうか。全身を巡ってくるそれは、水葉の力と絡み合い、強く結びついてくる。

「ああっ、イっ、く、イくぅぅう…っ！」

何度目かの絶頂に襲われ、水葉は浮かせた背を震わせて高い声を上げた。まだ交合に慣れないので、達すると頭がくらくらする。それなのに、矢斬はお構いなしに抽挿《ちゅうそう》を続けた。びくびくと痙攣する内壁を振り切り、擦り上げては奥を突く。

「んぁぁあんん…っ、ゆ、許し…っ」

「駄目だ」

「今から音《ね》を上げてどうするの？　次は私が控えているからね」

「やっ、あっ、あっ！　そんな、擦らな…っ」

濡れそぼつ前も、卑猥《ひわい》に扱かれ続けている。水葉は何度も喉を反らし、泣くような声を上げた。下半身からはひっきりなしにいやらしい音が響いている。それから二度ほど水葉が極めた後、矢斬がようやっと終わる気配がした。体内で彼のものが膨れあがり、一際大きく脈打つ。

「…中で、出すぞ。受け止めろ…っ」

「ああ、あっ！」

次の瞬間、水葉の奥に、熱い飛沫《しぶき》が叩きつけられる。濃くておびただしいその精は、内壁を濡らし、媚薬《びやく》のように染みこんでいく。

「あ――…っ、～～～～っ」

体内で射精される得も言われぬ感覚に、水葉は嬌声を上げた。火月に嬲られている前のものからも白蜜が弾ける。突き上げられるような絶頂に、息が止まりそうだった。

「は…っ、あ――――…」

「ふう…っ、堪能したぞ」

水葉の上で大きく息をついた矢斬が、ようやっと自身を引き抜く。ごぽっ、という音と共に大量に出された白濁が溢れた。水葉は身体を動かすことが出来ず、蹂躙された後孔だけがひくひくと蠢いている。

「次は私ね」

「や…っ、も、できな…っ」

思わず弱音が出てしまったが、彼らがそんなことを聞いてくれるはずもなかった。床の上で身体を返され、腰を高く持ち上げられる。

「あんたは私達の主《あるじ》だからね。大抵のお願いは叶えてあげたいんだけど、これぱっかりは許してあげられないの」

「心配するな。そのうち慣れる」

こんなこと、慣れたくはないと思った。だが、役目のためには耐えなければならない。彼らがこの現世で戦えるよう、身を捧げるのが約定となっている。けれどそれがこれほどまでに苛烈なものだったとは、水葉自身思ってもみなかった。

「ふふっ、何回もイってヒクヒクしてる。可愛い」

「……っ」

火月が水葉の双丘を押し広げて告げた言葉が、消え入りたいほど恥ずかしかった。腰だけを上げた体勢で、床についた腕に顔を埋める。

「それじゃあ挿れるね」

「ん、んうっ」

後ろを向いているため、火月のものの大きさは見えないが、肉環をこじ開けられる感覚から、矢斬のそれと勝るとも劣らないと感じた。水葉は二度目で、しかも中で矢斬に出されている。そのため、さっきよりもすんなりと男根を受け入れることができた。

「もう覚えたじゃない」

「あああっ…、ああっ…！」

容赦なく呑み込まされる快感に、我慢できずに声が上がる。顎を上げて仰け反ると、長めの前髪が顔に乱れかかった。すると、それをかき上げてくれる手があった。矢斬だ。彼は水葉の頬を撫で、耳を軽く愛撫してから、その手を胸元に滑らせていく。

「ああ…んんっ」

乳首を摘まれると、甘い声が漏れた。火月は水葉の弱いところを探すように動いている。

「あは、あっ！」

「ここが好き？」

肉洞の中に、刺激されるとひどく感じてしまう場所がいくつかあって、そこを抉《えぐ》られる度に身体中が痺れてしまいそうになった。無意識に腰を振り、火月の男根を締めつける。

「あ…っ、ああ、そこぉ…っ」

「好きならうんと突いてあげるね」

火月のものが、その場所を重点的に突き上げてきた。そうされるとたちまち頭が真っ白になってしまう。床についた両の膝がぶるぶると震えた。

「んぁああっ、あーっ、…っ、い、い…っ」

ずちゅ、ずちゅ、と卑猥な音を立てて中を擦られていく度に、たまらない快感と共に火月の力が流れ込んでくる。水葉は自分の体内でそれを練り直し、再び彼に返していくのだ。それも彼らに力を与えるのに必要なことだ。さっきはわからなかったことが、今度はわかる。

「さっきみたいにこっちも触ってやろう」

「ああああっ、い、一緒は…っ、だめ、だって…」

矢斬の手が水葉の股間に伸びてきた。それを握られ、揉みしだかれ、扱かれると、身体から力が抜けていきそうに感じてしまう。

「お前は本当に感じやすいな」

「あ、そんな、ことっ、んっ、んんんっ、〜〜〜〜っ」

前後を同時に責められる快感に耐えきれず、水葉はまた達してしまった。だがさっきと同じように、彼らは水葉がイったからといって愛撫の手を止めてくれるわけでもない。極めている間も容赦なく責められ、許容量を超えた快感に身悶えするはめになる。

「あ――――……っっ、っ」

感じるあまり、水葉の口の端から唾液が零れた。腰が淫らに揺れて、肉洞の内部が火月を奥に誘い込むように蠕動《ぜんどう》する。

「……っ、この子、すごい」

水葉の背後で、火月が面食らったように苦笑した。ぺろりと舌舐めずりをして、優美な顔に似合わない、獰猛《どうもう》な笑みを浮かべる。

「あぁあぁあぁ…っ、だめぇぇぇ…っ！」

激しい律動に見舞われて、水葉は快楽の悲鳴を上げた。気持ちがよすぎて苦しいくらいだった。火月のものを受け入れている繋ぎ目は、中に出された矢斬の精との摩擦で、白く泡立っている。

「すごい、眺め…っ」

「は、ひ、ひぃぃぃ…っ」

過ぎた快感によがり狂う水葉を、彼らは思うさま責め立てた。火月はもう慣れたと判断したのか、矢斬よりも強引に奥を突き上げてくる。それでも、水葉の肉体は快楽だけを拾い上げた。我が物顔で前後する男根を、もっとくれとばかりに食い締める。

「やばい、限界…、出すよっ」

「あんんっ、く、あぁあ…っ」

また中に出される。あの熱いものが。そう思うと、水葉は下腹の奥がきゅうきゅうと引き絞られるような感覚を得た。身体が望んでいる。彼らの雄の欲望を。

「あ…っあ――――…っ」

それが最奥に叩きつけられた瞬間、全身が絶頂にがくがくと震えた。内壁が濃い飛沫を搦め捕り、体内に取り込もうと収縮する。

「んぅぅう…っ」

背を反らせ、黒髪を跳ね上げ、水葉は愉悦を味わった。

「きもち、いぃ…っ」

思わずそんな言葉が漏れてしまう。修行に明け暮れていた水葉は、普通の若者としての過ごし方をしてきておらず、それは性行為においても同じだった。それなのにいきなりこんな濃厚な快楽を与えられては、溺《おぼ》れるなというほうが無理だ。そして魔獣達が、それを見逃すはずがない。

「気持ちいいならもっとしようか」

「あ…っ」

矢斬の低い声が耳に注がれる。体内から火月のものが引き抜かれ、中に出された精があふれて脚の付け根を伝っていった。それにもかかわらず、水葉は今度は、矢斬の膝の上に抱え上げられる。

「やだ、あっ、もう、できな…っ」

「できるさ。お前はいくらでも俺達を受け入れることができる」

大きな手で双丘を掴まれ、その狭間《はざま》の入り口にまた男根を押しつけられた。

「くあ、あっ…！」

ねじ込まれる感覚に身体が狂喜する。

水葉は抗うことも許されず、魔獣達の供物となって、貪《むさぼ》られ続けるのだった。

どのくらい眠っていたのだろう。水葉は畳の上に敷かれた布団の上で目を覚ました。横向きで寝ていた身体の上に、小袖がかけられている。

「――――」

何かの気配がする。小桜家の結界は、当主を突然失ったことで一時的に弱くなっていた。水葉が急ごしらえで補強したが、この山の気と馴染《なじ》むまでには、あと少しかかるだろう。

（このタイミングを狙って、また来たか）

おそらく来ると思っていた。敵が水葉でもそうする。対応すべく、急いで身繕《みづくろ》いした。

「あいつらは……」

水葉は自分を抱いていた魔獣達の姿を探した。彼らと自分との繋がりが以前よりもはっきりとわかるようになっていた。気配を感じる。近くにはいるのだろう。今気づいたことだが、抱かれたことの影響だろうか。それなら、あんな恥ずかしい思いをしたのも無駄ではなかったと思う。

濡《ぬ》れ縁《えん》に出ると、外は闇だった。屋敷の中の明かりだけが頼りなく灯《とも》っている。そして敷地の向こうから、何かがやってくるのがわかった。

「――――水葉兄様！」

「菊名！」

廊下の向こうから菊名が走ってくる。彼もまた、異変を察知したのだろう。

「何か来ます」

「ああ、わかっている」

「魔獣達は⁉」

「いるはずだが…」

その時、空を切るように、闇よりも黒い影が空を横切った。次の瞬間に、ずうん、と地面がたわむような衝撃が走る。何か、巨大なものが庭に着地した。

「っ！」

「水葉兄様、下がって！」

菊名の鋭い声が響く。それに反応するように、庭にいる何かがその姿を浮かび上がらせた。

それは巨大な蜘蛛《くも》のように見えた。八本の脚を不気味に揺らめかせ、黄色と黒の体毛はまるで針のようだった。その頭部には二本の角。

「鬼蜘蛛…！」

黄泉の世界に生きる魔物。それが、こんなに当たり前のように現世に姿を現している。

（境界が侵されてきている）

水葉は歯がみした。敵の力の侵食がこんなに早いとは思わなかった。自分はまだ魔獣と契約したばかりなのに対して、己に対する憤《いきどお》りと焦りのようなものが込みあげてくる。

（いや――――、落ち着け）

心を乱しては、敵の思うつぼだ。

あんなに恥ずかしい思いをして、自分のすべてを明け渡して、彼らと縁を結んだのだ。魔獣達はきっとどこかでこの事態を見ている。

「水葉兄様、早く安全なところへ。兄様は僕が守ります」

菊名は自分が時間を稼いで、水葉を危険から遠ざけようとしてくれている。あの時と同じだ。父を喪《うしな》った時の。水葉が戦う力を持たないから、彼らは身を挺《てい》して代わりに戦ってくれている。

それがどんなにもどかしかったことか。

だが、水葉はもう、武器を手に入れた。

「いや、大丈夫だ、菊名」

「えっ…⁉」

鬼蜘蛛は口をガチガチと鳴らして、臨戦態勢に入っている。口から細く出ている白いものは糸だろうか。それは夜闇《やあん》の中で、刃物のように不吉にぎらぎらと光っていた。あれはただの糸ではあるまい。あれは獲物の動きを封じると共に、ワイヤーのような硬度を持っているはずだ。その気になれば、人間の柔らかい身体など簡単に切断することができる。

だが、それでも。

「――上だ」

水葉は空を見上げた。星ひとつない、雲に覆われた黒い空間から、何かがもの凄いスピードで降ってくる。水葉はそれが何なのか、もうわかっていた。

「――ガアアアア！」

のろまな鬼蜘蛛はようやく頭上から迫るものに気づいたようで、その巨体についている頭を上げた。

――もう遅い。

あたりを、閃光が包んだ。

「……っ」

「わっ！」

続いて雷が落ちるような音がする。思わず目を覆った水葉と菊名だったが、漂ってくる何かが焼けたような匂いに、二人は庭を見る。

そこには、つい今し方まで偉容を誇っていた鬼蜘蛛が、原形を留めないほどの黒っぽい何かに変わっていた。炭化したそれから、焦げたような匂いが漂ってくる。稲妻のように急降下してきたものに、一瞬で焼かれてしまったのだ。

そして、その両脇には、つい数時間まで、水葉を喘がせていた二人の魔獣が佇《たたず》んでいる。鬼蜘蛛を炭に変えたのは、間違いなく彼らだろう。これだけの凄まじい攻撃を浴びせたにもかかわらず、二人とも息ひとつ乱していない。

「あ…っ、あれ、はっ？」

「魔獣だよ」

水葉の言葉に、菊名は息を呑んだ。まだ炎の燻《くすぶ》る鬼蜘蛛だったモノの側で、彼らは黒と赤褐色の髪をなびかせている。

「いささか物足りないな。もっと手応えのある奴を寄越《よこ》すのかと思ったが」

矢斬がふいに水葉に顔を向け、犬歯を見せてにやりと笑う。その酷薄そうな笑みに、背筋がぞくりとした。あれが、耳元で優しく囁《ささや》いた男と同じ存在か。

「うちら今、満腹状態だからね。フルパワーってわけよ」

つまり、水葉と交わり、その力を得た状態がこれというわけだ。

「彼らが魔獣ですか？　以前見た姿とはまるで違いますね。これが真の姿ということでしょうか」

「――――まさかあの犬猫の姿が魔獣だと思っているわけではないだろうな」

不機嫌そうに唸《うな》る矢斬に、菊名は気圧《けお》されたように黙り込む。

「まあ、これも本性ってわけじゃないけどね」

火月が自らを指さして言う。

「真の姿は、おいそれと見せるもんじゃない。奥の手だからね」

火月はおかしそうにくすくすと笑う。

「――――こいつがどこから来たのか、わかるか」

契約者として彼らの真の姿は気になるが、今は目の前で焦げている鬼蜘蛛のほうが先決だった。

「そうねえ…」

火月が肩にかかる髪を払いのけて考え込む。

「おそらく、人界に繋ぎができたんでしょうね。私達みたいに」

「黄泉の国の者を召喚している人間がいるというのか」

「おそらくはそうだろうな。でなければ、こう度々には襲撃できないはずだ」

「……そうか」

予想はしていたことだった。この世界に、異なる場所の存在を呼び出せる者が他にいる。

「召喚の儀は、水葉兄様にしかできないことです」

「うん」

水葉は戦う力を持たない代わりに、唯一無二の魔獣を呼び出すことができる。それは小桜の直系、それも、薄紅の魂を持つものにしかできないことだった。菊名は優秀な戦闘能力を持つが、異界からの召喚はできない。

「確かに、魔獣のような存在は俺にしか呼び出せないだろう。けど、鬼蜘蛛や牛鬼のような、本能しかもたない生き物なら」

小桜邸を襲い、父を殺した輩と、鬼蜘蛛を放ってきたのはおそらく同じ組織のものだろう。魔獣の封印を解いた時、男はこの世の混沌を望んでいる風だった。そしてあの男は、魔鬼を召喚する力を与えられたと言っていた。この鬼蜘蛛や、父を殺した男を束ねている誰かがいる。

（そんなことをして、何になる）

傷つき悲しむ者が増えるだけだ。それとも、それこそが狙いだというのか。

「水葉」

ふいにかけられた矢斬の声に、水葉ははっとして彼を見た。焼け焦げた鬼蜘蛛の死骸は、徐々に消えかけている。

「そういうわけだ。これから敵が暴れる度に、お前にはちょくちょく相手をしてもらうぞ」

「絶対に退屈はさせないから、楽しみにしていてね」

火月が片目をつむった。それから、魔獣達は瞬きをする間に目の前から消え失せてしまう。後には、ブスブスと音を立てながらなくなっていく黒い塊だけが庭に残っていた。

（あっ…いつら、菊名の前で…！）

水葉は恥ずかしさにカアッと朱《あか》くなり、拳を握りしめる。

「あの…、水葉兄様？」

菊名は遠慮がちに水葉に呼びかけた。

「な、なんだ？」

「魔獣に支払う対価のことなら、僕も知っているので……、気にしないでくださいね。水葉兄様が立派に務めを果たしていること、わかっていますから」

「あっ…、ああ」

そう言われてしまうと、よけいにいたたまれなくなってしまう。

「でも」

その後に続いた菊名の言葉に、水葉はふと彼を見た。

「そうやって、小桜の直系として、そして『鍵』としての働きを期待されて、重圧を背負っている水葉兄様を、僕は尊敬しているんです」

「菊名」

正直、自分に与えられた役目のことを、負担だと感じたことは何度もある。幼い頃は、普通に暮らしている同級生の生活を目の当たりにし、どうして自分だけが、と思った。

それでも誰かがやらなければ、この世界が壊れてしまう。

それを知った時、自然と役目を受け入れられた。

「ありがとう、菊名」

だが、理解してくれる者がいるというのは、嬉しいものだ。

水葉が素直に礼を言うと、年下の従兄弟《いとこ》は、その可憐な顔にはにかんだような笑みを浮かべた。

水葉は天井の鴨居《かもい》から吊《つる》された縄で両手首を縛られ、膝立ちの姿勢で魔獣達の前に捧げられている。

「俺は抵抗しない……！　こういうことはやめろ」

「何って、縛った水葉にいいことしてあげようと思って」

自分の口から出た言葉に虚勢が混ざっていることを、水葉は自覚していた。

「おい、これは何だ」

あれから彼らに何度か抱かれているが、こんな狼藉《ろうぜき》をされたのは初めてだった。

「お前達の好きにさせているだろう。どうしてこんなことをするんだ」

どうにかして縄を解こうと、縛られた腕を動かしてみる。だが、いったいどこから用意してきた縄なのか、水葉がいくらもがこうと解ける気配もなかった。

「それは霊力で作った縄だ。あまり暴れると腕のほうに傷がつくぞ」

「……っ」

水葉は天井を見上げて、恨めしそうに縄を見ると、それから諦めたようにため息をついた。

「……好き放題しやがって」

「俺達にはその権利があるからな。その代わり愉しませてやる」

「……それ、嫌だ……」

「うん？　どうして？」

言いにくそうに唇を噛む水葉の顔を、火月が覗きこむ。

「……頭が馬鹿みたいになるから、あまり好きじゃない……」

水葉にとって、魔獣達との交わりは、自分が自分でなくなる羞恥と、屈辱との戦いだった。

彼らが与える快楽はあまりにも強烈で、回を重ねるごとに理性が薄くなっていっているような気がする。魔獣の封印を解けば、契約の代償として自分が供物となることを知っていたにもかかわらず、これまで禁欲的に過ごしてきた水葉には、それがどういうことなのか理解が及んでいなかったのかもしれない。

そんな水葉の言い分に、火月はその端整な顔におかしそうな笑みを浮かべた。

「可愛いこと言うじゃない。そういう初な子は嫌いじゃない」

しまった、と思った。火月の瞳の奥で、一瞬獰猛な光がぎらりときらめく。よけいにその気にさせてしまったのだ。

「今、後悔したみたいだが、もう遅いからな。そういう言い方は雄を煽るだけだ。覚えておくといい」

「お、覚えた……、覚えたから、だから…っ」

「駄目だ」

矢斬の指先が、水葉の喉元から下へとすうっと降りていく。すると、袴の帯が解け、小袖の前もひとりでに開いていった。

「あ……っ」

肌が晒される心許ない感覚に小さな声が漏れる。それと同時に、身体の奥に欲望の火が灯った。

「興奮したでしょう？　ちゃんとわかってる」

火月の言うとおりだった。水葉の肉体は、彼らとの行為を悦んでいる。それは『鍵』として生まれた肉体だからか。

そして水葉の心も、決してその快楽が嫌なわけではないのだ。


「あ、は、あぁぁ……」

両腕を頭の上で縛られた水葉は、二人の魔獣に絡みつかれ、その愛撫に喘いでいた。背後からは矢斬の両手で双丘を揉みしだかれる。彼の手は大きくて、水葉の小ぶりな尻などすっぽりと覆われてしまう。強弱をつけて、時に優しく、時に乱暴なほどに強く揉まれると、その奥の媚肉まで疼いてしまうのだ。

「あ……ああ…」

「いい尻だ。弾力があって、吸い付いてくる」

そう囁きながら、背筋にも舌を這わせてくる。ぞくぞくする波が体内から生まれて、水葉は大きく胸を喘がせた。

「ん、くぅ……あぁぁ…っ」

尻と背中を愛撫されて仰け反ると、胸を突き出すような姿勢になる。そうすると前にいる火月に乳首を舐められた。乳暈を舌先でくすぐるように辿《たど》られて、もどかしい刺激に悩まされる。

火月の両手で内股から脚の付け根を撫で回され、脚の間はずきずきと脈打っていた。

「すごい。腹につきそうじゃない」

「あ、あ…ぁ…っ」

水葉のものは興奮に形を変え、先端を愛液で濡らしながら苦しそうにそそり立っている。だが、まだそこには刺激を与えられない。

彼らは明らかに水葉を焦らしていた。遠回しな、とろ火で炙るような刺激だけを延々と与えられて、今にも泣き出しそうになっている。

「そんなっ…、どうして…っ」

「潔癖なあんたがおねだりするのが見たいの」

火月の指先が脚の付け根をくすぐる。それだけで股間のものがじんじんして、触って欲しくてたまらなくなるのだ。いつもなら、根元から扱き上げられたり、卑猥な舌でしゃぶられたりして、強烈な快感に涕泣《ていきゅう》しているのに。

水葉の身体は、いつの間にかその刺激に馴染んでいた。もはやそれなしではいられなくなるほどに。

「や、だ…、そんなっ」

「俺達の主人はわがままなことだな」

「もっといじめちゃう?」

「愚問だな」

彼らの会話に、何をされるのかと思った瞬間、背後にいる矢斬に脇腹から腋下《わき》にかけてをつつうっ、と撫で上げられた。

「んん、ひゃあっ」

「乳首だけはしてあげよっか」

火月の指先が、硬く尖った胸の突起をかりかりと引っ掻く。突起の周りだけを重点的に刺激され、感度が高まりに高まったそれを嬲られるのは、たまらなかった。

「ああ、ああ――――…っ」

異様な快感に震えが止まらない。小袖の中に忍び込んできた矢斬の指先が、敏感な脇腹から腋の下の柔らかい窪《くぼ》みにたどり着き、そこを優しくかき回される。

「ああっ、ああっ、それ、やだぁ…っ！」

内奥から、覚えのある熱いものが込みあげてきた。

「ひぁっ…、んん――――…っ」

畳の上についた両膝ががくがくと震えて、水葉のものは白蜜を弾けさせる。肉体の芯が切なく引き絞られるのがつらくて、奥歯を噛みしめた。

「焦れったくてたまらなかったのに、イっちゃったんだ？」

「……っ、…っ」

火月の言うとおり、水葉は肝心な場所にはどこにも触れてもらえないのに達してしまった。彼らと交歓を重ねるごとに、極めやすくなっている身体を自覚する。けれどこんなふうに意地悪なイかされ方をされると、体内で快楽が渦を巻いて、今にも叫びだしそうになる。もう、何でもいい。もっとはっきりした刺激を与えて欲しい。このじくじくと脈打つものを思うさま虐められたり、後ろをねっとりと可愛がったりして欲しい。

「教えただろう。こういう時は何て言うんだ？」

まだ脇腹をゆっくりと撫で回しながら、矢斬が耳元で囁く。水葉はもう惑乱と快楽で、彼らの望むままの言葉を口にしてしまった。いや、彼らだけが望んでいるのではない。自分もだ。

「……頼む、からっ…、ちゃんと、して…っ、いつもみたいに、いじめて…っ」

平時なら絶対に言わないはずの、屈服する言葉を言ってしまう。その瞬間、脳髄がカアッと焼けつくような興奮を覚えた。

「いい子だね」

火月が目を細めて笑い、水葉にそっと口づけた。

「望み通り、いつもみたいに虐めてやろう」

「あ…っ、は…っ、あ、あぁぁあっ！」

次の瞬間、水葉の身体に稲妻のような快感が走る。さんざん放っておかれた股間のものを、火月の口の中に含まれ、思う様口淫された。切望していた直接的な刺激を一番感じるやり方で与えられ、脳まで痺れそうだった。

「あ、あ…ひっ、あっ、あっ！」

後ろもまた、ひっきりなしに収縮している後孔に、矢斬の舌を這わせられる。ぴちゃぴちゃと肉環を舐められ、舌先でこじ開けられ、中まで嬲られた。

「ああっ、あぁ――…～っ、っあっ、い、いく、イくぅう……っ」

限界まで焦らされてしまった肉体にそんな快感を叩き込まれてはたまったものではない。ただでさえ前と後ろを同時に責められるのには弱いのだ。水葉は背中を仰け反らせ、喉から嬌声を漏らしながら、耐え切れずに達してしまう。

「うっ…、う、くうぅう――…っ」

頭の中が真っ白に塗り替えられた。下半身を痙攣させながら吐精するのが気持ちよくてしかたない。そんな水葉の吐き出したものを、火月はためらいもなく飲み下していった。それが彼らの力の糧《かて》となる。

「あっ…、あっ、はっ…」

強烈な絶頂にはあはあと肩を喘がせていた水葉だったが、魔獣達の愛撫が休まずに続いていることにぎくりとする。イったばかりのものに火月の舌が絡みつき、矢斬には双丘を揉みしだかれながら舌を挿れられる。

「ああ、はあ、うう…っ、ま、まっ…て、それ…っ、いま、イって、ああ…っ」

「虐められたいんでしょう？　ほら、これ…、弱かったよね」

火月の舌先で、先端のくびれをちろちろと舐められる。そうされると、水葉はひっ、と声を上げて、内股をぶるぶると震わせた。

「あっ、あっ、あぅうん…っ！　ああっ、また、いっ…く、ああっ後ろも、そんなっ…！」

矢斬の舌で嬲られている後孔も、もう自分の意思では押さえられないほどに収縮を繰り返している。下腹の奥がずくずくと疼いて、もっと凶暴なものをそこに欲していた。

「んん、くう――…っ、あっあっ、もうっ、許し…っ、舐めない…でっ」

「嘘をつけ。舐められるのが好きだろう」

「そうそう、いつも泣いて悦んでるものね」

泣いてしまうのは、快感があまりに強くて、耐えられないからだ。そう訴えているのに、彼らはいつもわかってくれない。水葉の下肢にある感じやすい前後の場所は、魔獣の舌で両方とも快楽責めに遭わせられるのだ。

「ふあ、ア、あう、あああぁ…っ、あ、ひぃ――…」

敏感な粘膜を濡れた舌で擦られ、しゃぶられ、時にそっと歯を立てられる。水葉の前も後ろも愛液であふれていたが、それらはほとんど魔獣達に吸い尽くされた。

（もう、おかしくなる）

水葉は何度もイかされ、彼らの気が済むまで追いつめられるのだった。

「ほら、しゃんとして」

頬をぴたぴたと軽く叩かれる。何度目かの絶頂に全身を震わせて達した後、意識が飛んでいたらしい。火月に呼び戻され、水葉はうっすらと瞳を開けた。

「今からそんなんでどうする？　これから本番だというのに」

「ふあっ」

後ろに矢斬のものを押しつけられ、水葉は大きく震えた。下腹の奥が熱く煮えている。ずっと入り口近くだけを嬲られ続けて、これが欲しくてたまらなかった。我慢できずに双丘の狭間をそれに押しつけ、はしたなくねだってしまう。

「あっ、は、はやく、はや…くっ、挿れて、挿れて、も…っ」

「挿れるだけか？」

「嫌だっ、あっ、突いてっ…、動いて、いっぱいっ…！」

　これが少し前まで肉の交わりなど知らずに過ごしてきた自分だろうか。けれど、魔獣達によって快楽を教えられてしまった今は、もう耐えられなかった。はやくあの、もうどうなってもいいとすら感じられる快感を身の内に欲しい。

「すっごいねえ…、ちょっと妬《や》けるなあ」

　目の前でそんな水葉を見ていた火月が、感心したように呟いた。

「どうせお前も喰らうんだろう」

「そりゃそうよ」

　火月がそう答えた瞬間、水葉の肉環に熱い凶器の切っ先が押し当てられる。

「んあっ」

　それは入り口をこじ開けて、もはや我が物顔で中に入ってきた。ぶわっ、と一気に総毛立ち、涙が溢れる。

「あぁぁあ――――…っ」

後ろから両脚を持ち上げられ、一気に貫かれた水葉は、その瞬間に達してしまった。矢斬の長大なものが腹の奥に収まり、それだけで感じてしまう。

「手間をかけて下ごしらえをしていた甲斐《かい》があったな。中がもうとろとろだ。こっちまで蕩けそうだよ」

矢斬はそう言いながら、容赦なく内部を突き上げた。舌の愛撫だけで何度も達していた水葉の肉洞は、男根を打ち込まれる度に、じゅぷ、じゅぷと卑猥な音を立てる。

「ふあぁあっ、あっ、あ――――っいぃぃ…っ！」

強烈な快感に、水葉は口の端から唾液を滴らせながら仰け反った。体内を穿《うが》ってくるものを締めつけ、自ら腰を揺らす様子を、火月が食い入るように見ているのがわかる。恥ずかしかった。けれど止まらない。それに、恥ずかしいのがまた快感を生み出す。

「そんなによがり狂われると、もっと虐めたくなるじゃない」

火月が水葉の濡れた頬を舌先で舐め上げ、脚の間の屹立《きつりつ》をそっと撫で上げた。びくん、と水葉の上体がしなり、嫌々とかぶりを振る。

「い、やだ、それ、さわらな…でっ」

「嫌？　じゃあこっちかな？」

また前後を同時に責められるのに怯えた水葉が否定の言葉を口にすると、火月はそこからあっさりと指を離した。そうして、先ほど矢斬がしたように、脇腹から腋下にかけて指を滑らせる。

「あぁぁあぁっ」

魔獣達に挟まれた水葉の身体がびくびくと跳ねた。

「っ…、痛いくらいに締めてくるな」

「ふふっ、こんなに感じちゃって、かーわいい」

「あっ！　あんんっ！　あっ！」

もう全身が敏感になりすぎていて、くすぐったいはずなのに快感しか感じなかった。火月の指先が弱い場所で躍る度に、肌がびりびりと反応する。そして後ろは矢斬に奥までぶち当てられて、抽挿の度にイってしまうほどの悦楽が押し寄せてくる。

「お前の興奮と快楽が霊力となって流れてくるぞ…、気持ちいいか？」

「あっ気持ちいっ、きもちいい…っ、いっ、イくいくぅう…っ！」

いやらしい言葉を垂れ流しながら、水葉は股間のものから白蜜をびゅくびゅくと弾けさせた。

それと同時に矢斬が肉洞の奥で白濁を叩きつけ、水葉は続けざまに達してしまう。

「あくぅうう…っ」

矢斬の精を一滴残らず最奥に感じて、媚肉が悦びに震えた。背後で矢斬が大きく息をつき、男根が引き抜かれる。その時、水葉は無意識のうちに彼の精を漏らすまいとして後ろを食い締めた。

「じゃあ今度は私ね。挿れるよ～」

「あっ…、あっ」

火月は軽々と水葉の身体を持ち上げ、矢斬に負けず劣らず凶悪なそれを肉環に押し込んでいく。

「うあ、ぁあああっ」

どちらが先に挿れるかというのは、どちらかと言えば矢斬のほうが多かったが、二回目に挿れられる時の感覚もたまらない。絶頂の余韻にわなないている内壁をまた一からこじ開けられると、泣き喚《わめ》きたくなってしまう。

「あっ、いく、もうイく…っ」

涕泣しながら水葉が訴えると、火月が優しく笑いながら言った。

「いいよ、何回でもイって。…そら、奥まで挿れてあげるから…」

「あっ、あんんん～っ！」

快楽に音《ね》を上げてしまいそうな肉洞に容赦なく挿入され、水葉は耐えられずにまた達する。そのまま立て続けに突き上げられると、もう駄目だった。目の前がちかちかして、また自分から腰を振ってしまう。

「あっあうっ、うっ…！　ん、んあぁあぁっ」

こんなに何度も達していては、頭がどうにかなってしまうのではないか。そう思うのだが、

『鍵』として生まれた身体は、こんなことも簡単に受け入れられるらしい。それならこうして淫らな振る舞いをするのも、水葉のせいではないのだろうか。

「余所事《よそごと》考えられるなんて、余裕あるじゃない」

「――――っ、あっ、ひっ……！」

ずうん、と深く突き上げられ、息が止まりそうになる。快感が脳天まで突き抜けていった。

「そんな余裕はなくしてやろうか」

矢斬の手が背後から伸びてきて、水葉の股間をそっと握る。そのまま上下に擦られると、下半身が熔けていきそうになった。

「ああっ、ないからっ…！　余裕、ないから、そこ、さわらな…っ」

「駄目だ」

今度は許してもらえずに、前後を責められてしまう。半ば痙攣している肉洞を太いもので擦られ、愛液で濡れそぼる陰茎《いんけい》を巧みな五指で嬲られた。

「ふあっ、ひ、ああんっ、〜〜〜〜っ」

何度頭が真っ白になって、もう許してと懇願したのかわからない。抱えられ、頼りなく宙に投げ出された足のつま先が、快楽のあまり開いたり、ぎゅうっと丸まったりを繰り返した。

「っ、あっ、ア！」

やがて火月もまた、水葉の内奥にその精を叩きつけた時、一際深い極みが押し寄せてくる。

「っあ、イく、あっ、ああっ、――――〜〜…っ、っ！」

高く長く尾を引くその声は、自分が出しているとは思えないほどに淫らな響きだった。水葉は茫然《ぼうぜん》自失のまま、その後の身体を、彼らに委《ゆだ》ねるのだった。

「はあ…」

秋も深まってきて、目の前の山がそろそろその色を変えようとしている。普段であれば自然が織りなすその景色に心を和ませているところだが、今の水葉には山を覆う赤や黄色の鮮やかな色も目に入ってこなかった。

(何だか、段々自制が効かなくなっていっているような気がする)

水葉は縁側に座り、膝を抱えながら、鬼蜘蛛が炭と化して消えた庭を眺めるとなしに眺めていた。風に吹かれて飛んできた一枚の葉が踊るようにそこを横切っていく。

(こんなことに、気を取られている場合じゃないのに)

黄泉の国から魔鬼達が現れている。おそらくは、入り口が開いたわけではない。それには『鍵』となる水葉の肉体が必要だ。ということは、誰かが召喚していることは間違いない。

(いったい誰が)

それを調べるには、ここから出て調査しにいくことが必要だ。だがやみくもに探し回っても成果は上げられないだろう。それに、『鍵』である水葉自身がうろうろと出歩けば、いつ狙われてもおかしくない。

それにしても、と。

水葉は身体の内側につきん、と響く疼きに軽く眉を寄せた。額にかかる長めの前髪をかき上げ、ため息をつく。

頭に浮かぶのは、自分が使役する魔獣達のことだった。今朝方山の麓《ふもと》のほうで犬と猫の姿の彼らが日光浴をしているのを見かけたから、今も近くにいるのだろう。見えずとも水葉が呼べばすぐに来る。彼らとは霊力で繋がっているのだ。今もそれを感じられる。

(供物となるのは契約の条件のうちだから、別にたいしたことじゃないんだ)

自分に言い聞かせるように思っても、ともすればすぐに昨夜の交合が頭に浮かぶ。

彼らとの交わりは時に死ぬかと思うほどに執拗で濃厚だが、その行為は決して嫌じゃない。今、水葉を悩ませているのは、その時の矢斬と火月の声や体温、そして水葉を犯す、雄の表情だった。

手首に目をやると、そこには白い肌があるばかりで、縛られた痕《あと》はどこにもなかった。これも彼らが人ではなく、この腕を縛ったのもこの世にある物質ではなかったからかもしれない。暴れると腕に傷がつく、と言われたのは、脅しだったのだろうか。

「――――」

痕のないなめらかな皮膚を指でなぞってみる。この身体に彼らが何をしても、目に見える痕跡はきっと残らないのだ。そう思うと、少し寂しい。

「……っは？」

そんなふうに思ったことに自分で気づき、水葉は勢いよく頭を振った。

(何を考えているんだ)

まるで、自分が彼らのことを憎からず思っているようではないか。

だいたい、水葉と彼らは契約者と被契約者。おまけに、あれは魔獣だ。人ではない。

そう思った時、肩にふわりと何かがかけられるのを感じて顔を上げた。

「今日は風が冷たいですよ」

「菊名」

菊名が、水葉の肩に羽織《はお》りをかけてくれたのだ。

「ありがとう」

「水葉兄様は大事な身体なんですから、気をつけてください」

「大事な…って」

まるで身籠《みご》もった女性に対するような言い回しではないかと、水葉は苦い笑いを浮かべる。

「大事ですよ。水葉兄様は『鍵』で、魔獣を統《す》べる薄紅の生まれ変わりです」

そう言われて困ったような笑みを浮かべる水葉の隣に、菊名は並んで座った。

「僕にとっては、大事な兄様です。正直、父さんとは、あまり血の繋がった家族って感じではないですけど、水葉兄様は僕の家族です」

「あっ…、すみません！　馴れ馴れしいこと言ってしまって。分《ぶ》はわきまえてるつもりですから。兄様は本家の御当主様で……」

水葉は菊名の手を握って告げる。

「俺も菊名のことを、本当の弟みたいに思ってる。父さんが亡くなった今、菊名だけが家族だ」

「――水葉兄様」

「だから、菊名もそう思ってくれているのなら、すごく嬉しい」

菊名はほんの一瞬、どこか遠くを見るような目で水葉を見つめると、それからはにかんだように笑った。

「……はい」

そうしてから、菊名はどこか言いにくそうに視線を落としながら、小さな声で言う。

「でも、あの……、ほんと、身体には気をつけてくださいね。昨夜も、その、大変そうだったので……」

「……え？」

「お声が、こちらの部屋まで……聞こえてましたから…」

「――」

水葉の顔が、一拍おいてからみるみる赤くなった。菊名からぱっと手を離すと、口を押さえ

「……菊名」

て横を向く。

「――ごめん」

「あのっ、気にしないでください！　お勤めだって、わかってますから――」

「……今度から、聞こえないように結界を張っとく」

恥ずかしくて、穴があったら入って埋まりたい気分だった。あんな恥ずかしい声を菊名に聞かれていたなんて。弟も同然の彼に。

「と――ところで、叔父様から何か連絡はあったかな？　その後わかったこととか」

無理やり話を変えようとした水葉だったが、その問いに彼は首を横に振った。

「いえ、まだ何も」

「…そうか」

宗明も何も掴めていないとすれば、やはりこちらから動くしかないのかもしれない。水葉が動けば、敵も動く可能性がある。危険だが、その方法に賭けてみるしかないのではと水葉は考えた。

だが、その方法を実行に移す機会は、想定外の方向からやってきた。

「――――町に出てみたい？」

「ああ。この調子だと退屈だしな。魔鬼どもも、小物しかこない」

「ず――――っとセックスばっかりしててもいいんだけどさ。それだと水葉が大変でしょ」

「っ…」

火月の言葉に絶句しつつも、それもいい考えかもしれないと水葉は思った。彼らに霊力を与える行為は確かに大変ではあるし、ここで待ちの態勢でいるよりは、何かを掴める可能性があるかもしれない。

「あ、でも…、どうするんだ？　また犬と猫の姿になるのか？」

街中では彼らの格好はあまりにも目立つのではないか。そう思って聞いた水葉に、彼らは一様に渋い顔をした。

「あれは確かに小回りの利《き》く姿ではあるが、戦闘力は十分の一に落ちる。何かあった時、咄嗟《とっさ》に対応するのは難しい」

それでも十分の一はあるのか。

彼らは今、ここでしばしば水葉を抱いているから、十分の一でも相当なものなのではないか。

鬼蜘蛛を一撃で倒した時の凄まじさを思い出し、水葉は肩を竦めた。

「じゃあ、どうやって？」

「まかせて！　そういうの得意だから！」

火月が自信満々に言った後、二人は水葉の前で立ち上がる。彼らの姿が、まるで映像が揺らぐように一瞬ぶれた。

「うわ……！」

次に目の前に現れた姿に、水葉は感嘆の声を上げる。

彼らはどう見ても、現代の人間の成人男性の見た目になっていた。

頭の横の耳のような毛束が消え、衣服も今風になっている。矢斬は黒いTシャツの上に白いシャツを羽織り、デニムのパンツを身につけていた。対する火月は、淡い色のシャツにジャケットを着て、暗めの色のボトムを穿《は》いている。

「こんなものか？　どこか変か？」

「う…ううん。変じゃない。すごく――――」

かっこいい、と言いそうになって、水葉は慌てて口を噤《つぐ》んだ。

「私はどう？」

「おかしくないよ。それにしても、今の服とかよく知ってるな」

「暇だったから、よくテレビ見てたんだよね」

そう言えば、この間、彼らが犬と猫の姿で、居間にあるテレビを眺めていたのを見かけたことがあった。その時はめずらしい光景だなと思っただけだったが、そんなところから現代の知識をアップデートしていたとは。

「車の運転も出来るぞ」

「免許はないけどね」

「まじかよ。…いや、でも、無免許はまずいだろ」

「平気だって。警察？　とかに止められたら、暗示でもかけりゃいいんだから」

「ええ…」

それって大丈夫なのか。

水葉は不安になったが、善は急げとばかりに駆り立てられた。

「ちょっと待てよ。俺も着替える！」

袴姿のままで街に降りたら、悪目立ちしてしまう。水葉は慌てて自室に戻ると、洋服に着替えた。ジーンズにTシャツにパーカーというラフな服装になって廊下に出ると、菊名と鉢合わせする。

「あれ、お出かけですか？」

「うん、魔獣達と、町に調査へ」

「ええ？　危ないですよ。僕も一緒に…」

引き留める菊名だったが、そこへ矢斬達が現れた。完全に人の姿をとった彼らに、菊名は思わず息を呑む。

「心配はいらない。俺達がいるからな」

いつの間にか家にある車のキーを手にしている矢斬と、その隣に立つ火月を、菊名はまじまじと見つめた。無理もない、と水葉は思う。

「町に出て、どうするんですか」

「このままここにいて敵の出方を窺っているだけじゃ埒《らち》があかないだろう。何か、手がかりになるようなものを掴まないと」

菊名は水葉の身の回りの世話をするのと、護衛のために側にいる。だから彼にとっても、敵が何なのか突き止めることは命題であるはずだ。それなのに今の菊名には、水葉がそのために動くことを良しとしない雰囲気がある。

「父さんが何も突き止められず、役に立たないからですか」

「菊名」

突然そんなことを言い出した彼に、水葉は驚きを隠せなかった。

「そんなこと思ってやしない。俺だって戦えないし、今のところさほど役には立ってない」

「水葉兄様は特別なんです」

「――――」

いつにない菊名の様子に、水葉は言葉を失う。

「あーめんどくさいなあ。つまりあんたは、水葉をここに縛りつけて、いい子いい子していたいわけなんでしょ」

突然空気を読まずに割って入った火月の声に、菊名が顔色を変えた。

「そういう重たい愛情って、わからなくもないけど、この子はもう私達のなんだよねえ」

「ちょ…っ、火月」

「あなた達は、使役される存在でしょう」

「確かにな。俺達は水葉の僕《しもべ》だ。だが、それ故に血よりも濃い縁で結ばれている」

矢斬まで面倒なことを言い出したと、水葉は頭を抱えたくなった。だが、血よりも濃い縁、という言葉に、どきりとしてしまう。

「私達が来た以上、彼を守るのは私達の役目なの。最強の魔獣がついているんだから、安心して任せなさい」

「……」

菊名はしばし黙り込むと、やがて口を開いた。

「そうですね。水葉兄様のお役目を妨《さまた》げることは、僕にはできません。僕が全部やれるなんて、思い上がりでした」

「菊名」

「いってらっしゃい水葉兄様――。おみやげ買ってきてくださいね。魔獣の方々、兄様をお願いします。怪我《けが》なんかさせないでくださいね」

菊名はさっきまでの張りつめたような気配が嘘のように、魔獣達に向かってぺこりと頭を下げる。

「当然だ」

「心配いらないよ」

彼らもこだわらないのか、当然のように返事をして、その話はこれでお仕舞いという雰囲気になった。一人水葉だけが置いていかれている。

「いくぞ、水葉」

「ちょっ、待てよ、菊名！」

このまま行ってしまうのはどうにも気が引けて、ためらっていると、火月に強引に腕を取られて引っ張られる。

「あんたね、ここは『じゃあ、行ってくる』って何もなかったように流してあげるのが正解ってもんなの」

「…そうなのか？」

「おそらく、あの菊名って奴は、お前の父親以外では昔からお前を独占してきたんだろう。それが突然俺達が現れて、おもしろくなかったんだろうよ。だが、お前の役目自体は理解している。だから退いたんだろう。話のわからない奴じゃない」

つい最近顕現《けんげん》したばかりで、菊名とも会ったばかりだというのに、彼らはその人となりをよく理解しているふうだった。

（俺はそんなこと、意識したことなかった――――）

弟のように思っている、などと、軽はずみに言ってしまったことが気恥ずかしくなる。自分は役目の重さに気を取られてばかりいて、身近にいる人達のことをよく見ていなかったのかもしれない。

思えば、子供の頃から、一番一緒にいたのは彼だというのに。

「土産《みやげ》買ってこなきゃ」

水葉がそう呟くと、火月がちらりと振り返り、「そうなさい」と言った。

「俺が運転する」と矢斬が言ったものの、無免許の魔獣にハンドルを握らせるわけにもいかない。水葉はそれだけは死守し、自らが運転する車で山を下りていった。四十分ほど走ると、開発された地域が目の前に広がる。大きな駅と、その周りに林立する高層ビル。中央からの資本もいくつも入り、雑誌に載るような人気店の支店もある。地方都市にしてはまあまあ都会のほうだ。

「ふーん、ここが街ねえ…」

「人がやたら多いな」

「これでも少ないほうだよ。土日とかはもっと人通りがある」

それにしても、平日の昼時の駅前に彼らがいると、やたら人目を引く。魔獣達はまったく気にしておらず、珍しそうに辺りを見回しているが、若い女性が遠巻きにしているのには気づかないらしい。おそらく、人間に興味がないのだ。

「どうする？　とりあえず、飯でも食う？」

「何が食えるんだ？」

「何でもあるんじゃないかな。最近出来たらしいステーキハウスとかあるけど。…あ、肉ね」

「肉」

二人の声が重なる。

「……わかった。じゃあ、そこにしようか」

彼らの希望があまりにもわかりやすく、水葉は二人を連れて街で一番高いビルに入っているステーキハウスに入った。店内は半分ほど客で埋まっている。

「いらっしゃいませ」

愛想良く迎えてくれた若い女性の店員が、二人を見てぽうっと見蕩《みと》れたようになる。わかる気がした。水葉は多少慣れたものの、彼らはとにかく見目がいいのだ。しかも魔獣という神にも等しい存在は、人間には毒気が強いのかもしれない。

「ご注文お決まりでしたらお伺いします」

それでも彼女はプロ意識で、それ以上の動揺を見せずに水葉達を席まで案内した。メニューを広げて、矢斬達に訊《たず》ねる。

「読める？　説明しようか？」

「読めるし、わかるわよ」

「わかるんだ⁉」

ティーボーンだのアンガスサーロインだの、横文字が並ぶメニューを彼らはわかるという。これには驚きを禁じ得ない水葉だった。そして彼らはパワフルステーキという、一ポンドもある肉塊をぺろりと平らげ（水葉は二五〇gのフィレステーキを頼んだ）、おまけにデザートのフレンチトーストまで食べたのだ。

「人間の肉もなかなか美味いな」

「人間のじゃない。牛。メニューわかるとか嘘だろ」

「でも美味しかった。もう一皿食べられるくらい」

「さすがに財布にダメージがあるからやめてくれ」

「金ならあるぞ」

矢斬はポケットから財布を取り出した。財布持ってたのか⁉　と驚く水葉の前で、彼は慣れた仕草でスタッフを呼ぶ。

「ここはテーブル会計か？」

「はい、お預かりいたします」

そのままスマートに会計を済ませる矢斬を、水葉はぽかんとした顔で見ていた。

「どう見ても年下のお前が金を払うのはおかしいだろう」

「そうかもしれないけど…、そういうの、どこで覚えたの？　それもテレビ？」

「だいたいはね、わかるの。あんたと繋がっているから」

喚び出されると、主の知識が『縁』から伝わってくるのだという。つまり、水葉が知っていることは、彼らも知っているということだ。

そこまで繋がっているとは思わなくて、水葉は妙に狼狽《うろた》えてしまう。もしかして、自分の感情や考えていることも伝わってしまうのだろうか。だが、彼らの様子からはそれはないと感じ、思わずホッとした。自分が考えていることを知られてしまったら、きっと恥ずかしくて死んでしまう。

「ねえ、この街で一番高い所って、どこ？」

「――――それなら、このビルの屋上だけど」

三〇階建てのこのビルは、この街のランドマークとなっている。エレベーターに乗って最上階まで行くと、そこは展望台になっていた。この時間は人が少なく、七、八人の客しかいない。その中の一角に行き、水葉達は下界を見下ろした。

「なるほどね」

「ああ」

しばし下を見下ろしていた二人は、やがて納得したように頷き合う。

「何かわかったのか？」

「ちょっとね。人間の心の色を見ていたの。世相ってやつ？」

「世相」

「ああ。こうして見下ろすと、今の人間が何を考え、どう生きているのかがだいたいわかる。まあ、おおまかでしかないがな」

「……それで、どう見える？」

「あまりいいものじゃないな」

「そうね、淀《よど》んでいる」

無表情に下界を見下ろす彼らは、そんなふうに答えた。

「どいつもこいつも、皆余裕がないように思えるな。だから他人を妬《ねた》んだり、傷つけあったりする」

「……けど、そんな人間ばかりじゃないだろう」

普段は山に籠もっている水葉も、最近の世間の動向は感じていた。長い不況に伴《ともな》う労働環境の悪化や、人間関係の多様性などで人の心は疲れている。そうして疑心暗鬼が生まれ、不寛容に取り憑かれたりするのだ。神にも等しい彼らには、それらがよく見えるのだろう。だが水葉は、その一方で人の美徳というものも同時に存在すると思っていた。

「まあ、確かに」

火月は水葉の言葉をいったん認めもする。だが。

「けどそういう、陽の部分て、すごく取り込まれやすいのね。柔らかい部分なだけに、一度呑まれれば一層闇を濃くしてしまう」

「俺達は何度もそういうのを見てきた。――ああ、そういえば、少し前にも人の心がこんなふうに淀んだ時があったたな」

「八十年くらい前だっけ？　大きな戦いがあった時か。あの時は、ひどいもんだった」

「――」

おそらく先の大戦のことを言っているのだろうが、その時代に匹敵するほど、今の人の心はすさんでいるということだろうか。

「これでは、魔鬼達も活性化するというものだ。『鍵』であるお前が今の時代に生まれたのもわかる」

「戦争の時はどうして生まれなかったんだ？」

今がその時と同じくらいよくないというのなら、『鍵』はその時に生まれてもよかったはずだ。

水葉のその問いに、火月は髪をかき上げながら答えた。

「生まれたんだと思うよ」

「え？」

「正確には生まれそこなった」

「それは、どういう――」

「母親の胎内で、消えてしまった。おそらく、母親も気づかないうちに」

「っ」

　昔はよくあることだったのだろう。妊娠初期は栄養不足や過度のストレスなどにより、流産の可能性は格段に高まる。

「その時には、魔鬼は出てきたのか」

「いいや。危ないところだったがな。『鍵』の出番は来ずにすんだ。だがおそらく、その時に門が緩《ゆる》んだんだと思う。そして八十年をかけて、徐々に弱くなっていった。そして緩んだ門を締め直すのも、『鍵』にしかできない」

　矢斬が遥か下方の、小さな人の流れを見ながら告げた。

「俺達はずっと待っていた。お前がもう一度生まれ、俺達を目覚めさせるのを」

　真摯《しんし》な瞳で見つめられて、水葉はどこか息苦しくなるような感覚を得た。

（けど、彼らは誰を待っていたのだろう）

　そんな考えが、ふいに頭をよぎる。

「それは、俺じゃなくて、薄紅を待っていた……?」

視線を落として呟くと、彼らから戸惑ったような気配を感じた。自分はどうしてそんなことにこだわっているのだろう。

「薄紅はあんたでしょう?」

「違う」

水葉は首を振った。

「俺は薄紅じゃない」

時折妙な夢を見ることはある。きっとあれが水葉の前世の記憶のかけらなのだろう。けれど今ここにいて生きているのは、薄紅じゃなくて水葉自身だ。

「お前達が俺を通して薄紅を見ているのはわかる。けど、俺は小桜水葉だ」

何を言っているのだろう。こんなことを言うつもりじゃなかったのに。彼らは魔獣で、その考え方は人とは違う。こんなことを言っても、きっと理解などされない。

「……悪い。変なこと言った」

水葉は自嘲めいた笑みを浮かべる。

「だから未熟だって言うんだよな。役目さえ果たせれば、そんなのはどうだっていいことだ」

きっと今、水葉が彼らに対して抱いている感情すら、よけいなものなのだ。彼らが水葉を抱くのは、『供物』として霊力を摂取しているからに他ならない。

世間知らずも考え物だな、と思った。身体を暴かれて、心まですっかりその気になるところだった。

「そろそろ降りよう。暗くなると夜景目当てに人が来るから、混んでくる」

「――――水葉」

矢斬の呼びかけに聞こえない振りをして、水葉は背を向けてエレベーターに向かう。彼らは大人しくついてきたが、その後は何も言わなかった。

エレベーターに乗ると、きまずい空気が空間を満たす。

（あんなこと言わなきゃよかった）

今はこの世の危機だ。魔獣は魔鬼達に対する切り札であり、水葉は彼らの力を最大限に使わなければならない。水葉のくだらない自意識など、どうでもいいことだ。反省しているうちに気恥ずかしくなって、ひたすら階数表示だけを目で追う。そうしてこんな時に限って、途中で誰も乗ってこない。

苦行のような時間が過ぎて、ようやっと一階にたどり着く。扉が左右に開いてエレベーターを降りると、火月がぼやくように言った。

「このエレベーターってさ、なんか苦手だわ。足元がぞわぞわする。別にあそこから飛んで降りたっていいのに」

「よけいな騒ぎを起こしたいならそうしろ」

「はあー？　あんただって居心地悪そうにしてたくせに。涼しい顔してかっこつけてんじゃないっての」

「やかましいな。騒ぐな」

水葉の後ろで突然喧嘩《けんか》するように言葉を投げ合う彼らに、肩透かしをくらったようになる。エレベーターの中で彼らが無言だったのは、どうやら居心地の悪さに耐えていたからしいと気づいて、水葉は思わず息を吐き出した。

ばつの悪い思いをしていたのは、どうやら自分だけか。ほっとしたような、少し寂しいような、そんな気分だった。

「それで、次はどうする？」

それなら自分も態度を改めなければと、水葉は努めて普通に、何事もなかったように切り出す。

「……そう遠くにはいないような気がする」

矢斬が心持ち顔を上げ、くん、と匂いを嗅《か》ぐような仕草をした。

「そうね。今はとりあえず、大人しくしている感じ…、けど、山にいる時よりも匂う」

「それって、この街の中に敵がいるってことか？」

「その可能性はあるな。だが、単に匂いをバラまいているだけかもしれん。巧妙に隠れるために」

「でも、近くにいることは確かだと思う」

「……そっか」

彼らの話を聞き、水葉は考え込んだ。それなら、もう少し街を歩き回ってみれば、ある程度の範囲は絞り込めるかもしれない。

「矢斬、火月――」

水葉が顔を上げて彼らを振り返った時、その姿は何故か忽然《こつぜん》と消えていた。

「……は⁉」

あわててあたりを見回すと、それはすぐに見つかった。ビルの一階に、最近流行だというスイーツドリンクの店舗が入っており、そこには若い女性客を中心とした列ができていた。あろうことか、彼らはその列の中にいる。

「ちょっ……！」

いったい何してるんだ。水葉があわてて呼び止めようとした時、火月が振り向いて手を振ってくる。矢斬はジェスチャーで、そこで待っていろ、と言っているようだった。

水葉は呆気《あっけ》にとられたものの、彼らが人間のものに興味を持っている様子なのが少し嬉しくて、ため息をつきながらも口角を上げる。

「……まったく……」

あの行列ではしばらくかかるだろう。水葉は気を取り直し、すぐ近くにあるベンチに腰かけて彼らを待った。それにしても、あいつらは注文の仕方がわかるのだろうか。

（まあある程度現代の知識はあるみたいだし）

調子のいい火月がいれば心配ないだろう。そう思って、ベンチの背に身体をもたせかけた。

「――水葉君？」

その時、ふいに名を呼ばれて、水葉は顔を上げる。

「――公佑、さん？」

「ああ、やはり水葉君か。ずいぶんと久しぶりだ」

「――ご無沙汰しています」

水葉は立ち上がり、目の前の男に頭を下げた。

「ああ、そんなことしなくていいよ。君の方が本家筋だ」

「いえ、でも、公佑さんの方が年長者ですし」

水葉に声をかけてきた男は、櫻多公佑という、小桜家の分家筋の人間だった。確か三十五歳くらいだったと思うが、町中でも和服を着ていて、今も袴姿だった。だが洋服が圧倒的な中にいても特に浮いているように見えないのは、紬《つむぎ》を見事に着こなしているからだろう。整えられた顎髭《あごひげ》が、洒脱《しゃだつ》な感じを漂わせていた。

「お父さんのこと、聞いたよ。残念なことだ。――そちらに行けなくて、すまなかったね」

「いいえ。父も、覚悟はできていたと思います」

そう言いつつも、水葉は言い知れぬ心細さを思い出していた。自分が小桜家を継ぐのは、まだ先のことと思っていた。なのに、こんな形で当主を継ぐことになろうとは。

「小桜と櫻多の、断裂の関係さえなければ、すぐにそちらに行ったんだがね」

小桜家と櫻多家は、もうずいぶん昔のことだが、諍《いさか》いを起こして家が分かれたのだという。その理由についてはもはやはっきりしておらず、ただ互いの家を行き来してはいけないと、禁《きん》忌《き》のみが残っていた。水葉の父も、こういう古い家にはよくあることだ、と言いながらも、その決まりを破れないでいた。それでも最近になって、両家はまた少しずつ交流を始めるようになっていたのだ。とは言っても、書簡のやりとりが主で、水葉も当主の公佑と会ったのは数えるほどだ。

「こういうところで言うのもなんだが…、非常事態だ。このあたりで、一族が再び手を結んでもいいのではないかと私は思うがね」

「はい、それは、そう思います」

櫻多家も、もとは薄紅を始祖とする術者の家系である。

「もっとも、櫻多は小桜と分かたれてから、術者を育てる手立てを失ってしまった。どれほど役に立てるかはわからないが」

「いいえ、そんなの――――、味方がいるというだけで心強いです」

もちろん水葉には身近に菊名がいるが、年長者がいるというだけでも心持ちが違う。年上というならば菊名の父親がいるが、水葉は宗明のことが、少しばかり苦手だった。彼は息子の菊名に対し、あまりに情がないように時々思える。

「よかったよ。水葉君がそんなふうに言ってくれて」

公佑はほっとしたように言って、右手を差し出した。

「では、改めてよろしく」

「はい」

気恥ずかしいような気もしたが、水葉は彼の手を握る。

公佑の大きな手は少し冷たかった。


「……あれ？」

公佑と別れて、魔獣達がそろそろ戻ってくる頃かと思い、店のほうに目をやると、彼らの姿が見当たらなかった。列のほうに近づいて探しても、矢斬と火月はいない。

「どこ行ったんだ、あいつら……」

身の内に意識を集中し、彼らとの『繋がり』を探る。反応した方向へと歩いていき、水葉は路地裏に入った。

「矢斬──────、火月？　どこにいる？」

建物に囲まれたその路地は、大通りからいくらも離れていないというのに、しんと静まりかえっていた。びゅう、と生温《なまぬる》い風が吹いてきて、水葉の髪を乱す。

「──────！」

その時、心臓がどくん、と、嫌な感じに跳ね上がった。

（違う）

これは彼らの気配じゃない。

突如変わった周りの空気に、水葉は警戒を露わにする。

──魔獣と引き離された？

しまった、と思った。戦う力を持たない水葉は、今の状態は丸腰も同然だ。急いでこの場所を離脱しようと踵《きびす》を返した時、前方に人の姿が見えた。

男だ。一見するとくたびれたサラリーマンのように見えるが、普通の人間とは違う、異様な気配が漂っている。それは魔獣の封印を解いた時に、祠にいた男のものとよく似ていた。おそらく、同じところから来たのだろう。

「お前が小桜の新しい当主だな。そして『鍵』か」

「……人に尋ねる前にまず名乗ったらどうだ。お前達はどこから来た。狙いは本当に、この世を混沌に陥れることなのか」

「そんなことはどうでもいいんだよ」

男は口の端をだらしなく歪ませた。

「俺はな、ずっとうだつがあがらなかった。何をやっても中途半端で、入った会社は三流で、おまけにそこにもリストラされる始末だ。この世は本当につまらねえ。けどそんな俺にも、やっとおもしろい世の中になりそうなんだ。ありえねえ化け物がうじゃうじゃ出てくる。おまけに、そんな奴らを従えられるとくりゃあ、乗らねえわけがねえだろう」

「誰かがお前に、力を与えたんだな？」

男は答えなかった。ただそれは、肯定を示していた。

「それは誰なんだ」

「うるせえなあ」

男の苛立ちが伝わってくる。

「いい家のご当主様なんだろ。そんな綺麗なツラして、才能もあって、俺みてえな人間なんか、どうせ目にも入っていないんだろうよ」

水葉の立っている地面のまわりに、いくつもの小さい穴が開く。拳《こぶし》大ほどのそこから、何かが出てこようとしていた。

「！」

危険を察し、その場から飛び退く。今は逃げることが先決だ。この身が敵の手に渡ってはいけない。

だが水葉が脱兎のごとく走り出すと同時に、バゴォッ！　と音がして、いくつもの穴から何かが飛び出してきた。

「――――！」

その姿を目にして、息を呑む。そこから出てきたのは、人の手だった。触手のような長いそれの先端に、人の手がついている。それがいっせいに水葉をめがけて襲ってきた。

水葉は後ろを振り返らず、一目散に離脱する。ともかく魔獣達と合流する必要があった。だがこの場はすでに結界が張られているらしく、いくら走っても大通りに行き着かない。やがて息が切れはじめたところを、触手の『手』に掴まれた。

「う、あっ……！」

一端捕まると、身体の至るところを腕が掴んでくる。水葉はたちまち動きを封じられ、男が歩いてくるのを見ているしかなかった。

「小桜の当主ってやつも、こうなると無力なもんだなあ。すげえ家なんだろ？」

「……離せ」

息を切らせながら身を捩る。いくつもの人の手に拘束されているというのは、あまり気分のいいものではなかった。

「離すかよ」

男はそんな水葉を見てせせら笑う。

「これが『鍵』かあ…。食ったらさぞうまいんだろうなあ……」

水葉の身体に『手』が這う。衣服をめくり上げ、直接素肌に触れられて、びくん、と身体が反応した。

「やめろっ…！」

水葉の肉体は魔獣達にとって最良の糧となる。そしてそれは、黄泉の国の魔鬼達にとっても同じだった。男が放った手は、水葉の身体を侵すようにまさぐってくる。

「っ、うっ、あっ…！」

脇腹を撫で上げられ、別の手に乳首を摘ままれ、思わず声が漏れた。魔獣達との交歓で敏感になっている身体は、こんな魔鬼の手管《てくだ》にも反応してしまう。

「い、や……だ、あ…っ」

全身がぞくぞくと粟立つ。こんなものに好き勝手にされるなんて、と腹立たしい思いがわき上がった。

「ひうっ！」

手が下肢の衣服の中に忍び込み、股間のものを握られた。はっきりとした快感が脳を刺す。

「『鍵』は快楽に弱いと聞いたが、これほどとはな」

「――……っ、あう、う…っ」

衣服の中でくちゅくちゅと扱かれ、先端を擦られると、全身の力が抜けそうになった。思考が白く霞《かす》む。駄目だ。こんなものに、身を委ねたりしてはいけない。

もう、彼らの与えてくれる快楽しか感じたくない。

反応したくない。嫌なのに。

それくらいなら、いっそ。

「あ…っ、あ――――…っ」

無理やり絶頂を迎えさせられ、仰け反った肢体がびくびくとわなないた。それからがくりと項垂《うなだ》れた水葉は、一瞬動かなくなる。

「どうした。もう抵抗は終わりか」

男が近づき、水葉の顔を覗き込んだ。頭がゆっくりと上がる。前髪が顔に乱れかかる。その隙間から、開いた目が男を捉《とら》えた。

「あ…?」

水葉の視線に捉えられた男が、怪訝そうな顔をする。水葉の口角が上がった。あやしく艶《あで》やかなその笑み。

「……どうした。それだけか?」

それは水葉の声でありながら、響きがまったく異なっていた。水葉の中にあるものが意識の表層を食い破って顔を出し、それを見た男を圧倒する。

「お、お前は……!?」

「こんな手鬼なんぞに嬲られるのは不本意だが、久方ぶりの快楽は悪くなかったぞ。この器も、よい器だ。素直で初であり、よく反応する。あやつらも、さぞかし大喜びだったろう」

水葉の身体から、『手』がひとつひとつ、離れていく。それと同時に、男はゆっくりと後ずさっていった。生物としての本能。『これはやばい奴』だと、頭のどこかが告げている。

「ひっ……！」

まるで呪縛から解き放たれたように、今度は男がその場から逃げ出した。その瞬間、まるで空が割れたように亀裂が走る。結界が破れたのだ。その隙間から、矢斬と火月が飛び込んでくる。

「してやられたな。どうやら思った以上にこの土地は奴らに浸食されているようだ」

「呑気《のんき》に言ってる場合じゃないでしょ、ちょっと触られちゃったじゃん！」

水葉を背に着地した彼らの周りに、かまいたちのような空気の断層が起こった。それを見てまずいと思ったのか、男が手鬼を仕掛けながら逃走する。指先から鋭利な爪を出しながら魔獣達に迫るかと思ったそれは、矢斬が放ったかまいたちによってズタズタに引き裂かれた。だがそれでも、残ったものが襲いかかってくる。

「うざい！」

火月がそう言い捨てると同時に、炎が放たれた。それは手鬼をたちまち呑み込み、あっという間に黒焦げにしていく。

「うわあ――――！」

「逃がすか！」

手勢を失った男は顔色を変えて敗走するが、魔獣は容赦がなかった。かまいたちが身体を切り裂いた瞬間、男はもんどりうって地面に転がる。男の身体からは血が流れてはいなかったが、すでにこと切れていた。彼らが使うかまいたちは魔鬼の肉体を引き裂き、人間は傷つけずに命を奪う。

「水葉！」

力が抜け、地面に膝をつく水葉に、魔獣達が駆け寄ってきた。倒れそうになるところを、矢斬の手に支えられる。

「ちょっと、大丈夫⁉」

「……ああ」

頭がくらくらしていた。ともすれば意識が混濁しそうになるのを必死で耐える。

――あれは、なんだ？

あの時、確かに水葉の意識に誰かが干渉した。それが誰なのか。何故だかわかった。

「……薄紅が」

「あ？」

「薄紅が、出てきた。俺の中から」

そう呟くと、彼らは一様に息を呑んだような顔をして、黙り込んでしまった。ああ、やっぱり。

「ずっと俺の中にいたんだ。いい器だと言っていた。…けど、俺があまりにふがいないから、もう任せられないと思って出てきたんじゃないかな」

「水葉」

呼びかけられる声に応えず、水葉は胸の裡《うち》の不安とわだかまりをとうとう吐露《とろ》していった。さっき展望台で自分は自分だと言い放ったばかりなのに、結局それは強がりだったのだと知る。なんてふがいないのだろう。

「これからどうなると思う？　だんだん薄紅の意識が大きくなって、俺は消えていくのかな」

「そんなことはない」

「どうして言い切れる⁉」

否定した矢斬を、声を荒らげて責めるように告げる。

「お前達だって、薄紅と俺を比較していたじゃないか。そんなの――わかっているさ。『鍵』がこんなに頼りないんじゃ、お前達だって大変だよな」

水葉は息を吸い込み、薄々と思っていたことを口にしてしまう。

「いっそこの身体を、薄紅にくれてやったほうがいいのかも」

次の瞬間、頬にパン、と衝撃が走った。何が起こったのか最初わからず、頬が熱くなってから、打たれたのだと気がついた。それを咎《とが》める声は、矢斬から出た。

「火月!」

「あんたねえ――――、しっかりしなさい」

水葉は叩かれた頬を押さえ、呆然と火月を見つめる。

「そんなこと気にしてたの? 確かにあんたは魂の一部が薄紅とかぶっているけど、構成する要素がぜんぜん違うからのっとられたりなんかしないって。安心しなさい」

「……そもそも生き方が違う。薄紅の魂が意識の表層に現れてきたのなら、それはお前を助けるためだったんだろう」

「役目のためならなんでもするエグい子だったからね」

「……」

彼らが薄紅のことを思い出している様子を、水葉は複雑な気持ちで見ていた。そんな水葉に、矢斬が諭《さと》すように言う。

「言ってみろ。何が問題だ」

水葉の顎を捕らえ、矢斬が真っ直ぐに見つめてくる。そこから目を離すことなどできなかった。

「あの~、アレ? 薄紅と一緒にされるのが嫌ってこと?」

水葉を叩いてしまったことにばつが悪くなっているのか、火月がいつになく遠慮がちな口調で聞いてきた。

「……薄紅のことは、子供の頃から聞いてきた。小桜家の始祖で、俺はそれの生まれ変わりなんだって」

水葉の周りにいる大人達は、ようやく生まれてきた『鍵』を大事に、そして厳しく育てた。術の修練も、子供だからと容赦はされなかった。できなければ、できるようになるまで続けさせられた。

「それでもよかったんだ。俺には俺の役目がある。けれど、周りの大人達は、お前には薄紅の魂が宿っているからって、そればかりだった。父でさえ俺が小さい時はそうだったよ。俺は薄紅なんて知り合いでもないし、他人も同然だった。それなのに、みんな俺の中に彼を見る」

水葉は自嘲気味にくすりと笑った。

「今なら少しは理解できるよ。みんな必死だったんだ。だから、伝承の中でしか聞いたことのない始祖に頼る。小桜の当主になるのなら、俺はそれに応えないといけなかったんだ」

至らないのは自分だ。それなのに。

「俺はわがままだったから、小桜水葉でいることを、どうしても諦められなかった」

そうして、命がけで喚び出した魔獣達さえ、水葉の中に薄紅を見ていた。おそらく水葉は、その時に自らの裡にある始祖を否定してしまったのだ。水葉が素直に薄紅の存在を受け入れていれば、霊力の融合も進み、水葉はもっと強い力を得ることもできたかもしれない。

けれどさっき魔鬼に侵食された時、水葉の中の防衛機能が一部弱り、無意識に抑えつけていた薄紅が出てきた。

「薄紅には迷惑かけてしまったな」

そう言って、目の前の魔獣達を見上げる。

「お前達が望むなら、俺はこの身体を薄紅に明け渡してもいい」

「――あんたね、また…！」

「待て」

気色《けしき》ばむ火月を、矢斬が制した。

「俺には、お前が自分は消えてもいいと言っているように聞こえるが？」

「…消えるのは怖いよ。けど、今のままじゃ駄目だ。またあいつらに襲われて、今度こそ食い尽くされてしまう。そうなったら『鍵』に使われて、この世界が大変なことになってしまう」

水葉は自分の気持ちに気づいてしまったのだ。

彼らに、身も心も惹《ひ》かれてしまっているということに。

「抱いてはいけない感情を抱いてしまったんだ。お前達に」

そう告白すると、魔獣達が息を呑むように瞠目した。水葉が何を言おうとしているのか、理解したようだった。そんな顔が見られて、ちょっと得したな、と思う。何もかも完璧な薄紅はこんな馬鹿げた感情は抱かないだろう。だからこれは、水葉だけの想いだ。

「俺の気持ちは、俺だけのものだ。だから中途半端に乗っ取られるよりは、いっそ全部渡したい」

「……ちょっと待て、水葉…」

「わかってる。ごめん、こんなこと言って。けど、何かして欲しいなんて思ってないから、抱いたらすぐその気になったとか、思わないで欲しい…」

彼らとの濃厚な交歓もまた理由のひとつではあるだろうが、それだけではないのだ。では何が、と問われると困ってしまうが、彼らは水葉の魂に一番食い込んできて、それでいて寄り添ってくれた。誰かとずっと繋がっているなんて、これまでになかったことだから。たとえそれが、契約上のものであるとしても、水葉にとってはそれだけではないのだ。

最初はその圧倒的な力に魅せられ、次には神といえど人間くさい感情や表情に惹かれた。彼らは水葉を見る時、常に薄紅をも見ていたと思うけれど、それでも水葉自身として扱ってくれた。菊名が一番距離が近いと思っていたのに、彼らは強引に水葉の隣を奪いとっていった。

そんな水葉の決死の言葉を、火月が遮《さえぎ》る。

「あのさ…、煽ってんの？」

「え」

言われた意味がわからず、何か怒らせてしまったかと、蒼白になってしまう。そんな水葉に、火月は心底困ったように言った。

「いや、違くて！　可愛すぎてわけわかんないんだけど！」

「……」

言葉の意味を反芻《はんすう》していると、今度は押し黙っていた矢斬が唸るように告げる。

「俺達こそ、お前が欲しいと思っている。誰にも渡したくない。この先お前の人としての幸せを捨てさせてでも、モノにしたい——。そんなふうに言ったら、怖がってしまうだろう？」

「あんたが手鬼に嬲られているのを見た時、正直頭にきたしね」

「——っ」

水葉はかぶりを振った。それでは、自分の気持ちは迷惑ではなかったのだろうか。これで最後だと思ったからあんなことを言ったのに、今更ながらに恥ずかしさが湧いてくる。

「水葉は恥ずかしがりで可愛いね」

火月は先ほど自分が打った頬に手を添えた。優しく撫でられて、思わずうっとりとしそうになる。

「叩いてごめんね」

水葉は首を振った。

「俺が悪かったから」

「……薄紅はね。私達の最初の主人だったの。身体を繋げることによって契約を結ぶっていうのは、彼が構築したシステム。薄紅はね、自分が死ぬ時、ずっと待っていたらいいことが起きるって言い残して逝《い》ったんだよね。あいつ、私達が水葉に惚《ほ》れるってこと、知っていたのね」

「俺達は待った。何度も眠りの中からこの世を眺め、気の遠くなるような時間を」

そうして、水葉が生まれた。

「お前が御山の麓で生まれ、そこで成長していく様を、ずっと見ていた」

「喚び出された時のテンションの高さったらなかったわ」

「え、でも、そんな感じは……」

「お前には頼りになると思われたいからな」

かっこつけてた、と言われて、どうしたらいいのかわからなかった。

（やっぱり、これって、間違いじゃない、よな…？）

箱入りで育ち、色恋沙汰には圧倒的に経験不足の水葉も、薄々は理解し始めていた。だがそうすると今度は、押し寄せる事実に頭がついていかない。また、今更ながらに、今はそんな状況ではないということも思い出してしまった。

「ええと…、ごめん、ちょっと整理させて欲しい……」

「まったく」

矢斬が肩を竦めて苦笑する。

「俺達の主人は世話がやける」

そんなふうに言われて困り果てた時、水葉は自身の体内で異常が起こるのを自覚した。

「――――っ」

がくり、と膝から力が抜け、地面にへたり込みそうになる。

「水葉っ⁉」

「そういえば、魔鬼に襲われてたじゃない。早く処置しないと大変なことになるって！」

身体の内側から、ざわざわと悪寒のようなものが込み上げてくる。それは以前、魔獣達に抱かれる前に起こった疼きと似ていた。だがその時と決定的に違うのは、どこか体内を食い荒らされるような、禍々しい感覚を伴っていた。

「魔鬼に触れられると、穢《けが》れが感染する。普通の人間なら半日と保たん」

「…っ保たなかったら、どうなる…？」

「発情死、ってやつだな。心臓が止まるか、気が触れるか、どっちが早いかって話だ」

「――――…、そんな死に方、ごめんだな……」

「お前の中には薄紅が入っているからまだ余裕がある。急いで小桜邸に戻るぞ」

ここでも薄紅か。仕方ない。それは受け入れるしかないのだ。どのみち彼の力を借りなければ、魔獣を喚び出すことも難しかった。神にも等しい力を持った彼に嫉妬《しっと》してもどうにもならない。水葉は水葉のやり方で魔獣達に向き合うしかないのだ。

とりあえず今は、穢れの処置だ。

「そうね。あそこが一番、山の護りが手厚い。急いで戻るよ」

火月に抱き起こされた時にはもう脚にほとんど力が入らなくて、水葉は唇を噛むのだった。


「────水葉兄様」

ぐったりして小桜邸に戻った水葉を、菊名は驚いた様子で迎えた。

「どうしたんですか、いったい？」

「魔鬼に襲われて、穢れを受けた」

矢斬の説明を聞き、菊名の声に憤りが滲《にじ》む。

「あなた方がついていながら⁉」

「それに関しちゃ面目次第もないわよ。────とにかく、急いで清めないとやばいから、早く部屋に布団しいといて！」

火月に言われ、菊名はまだ何か言いたいふうだったが、それどころではないと理解したのか、身を翻して屋敷の中に駆け込んでいった。

「さあ、着いたわよ。これから処置してあげるから、もう少し我慢して」

「……は…っ、はあ……っ」

水葉は抱き抱える矢斬の胸にしがみついて、荒い息を繰り返していた。少しでも気を抜くと淫らな言葉を垂れ流して悶《もだ》えてしまいそうになる。

部屋に連れて行かれると、そこにはすでに布団が敷かれていた。横たえられると、背中に感じる布の感触すら耐え難《がた》くて、そして熱くて、自ら衣服を乱していく。平時なら、とても考えられない行為だ。

「――――さて、じゃあお仕置きといきますか」

「ああ」

彼らは一瞬にして、半人半神めいた魔獣の姿に戻った。けれど今発せられた不穏な言葉に、水葉の思考が一瞬冴える。

「あ…え…？　お、仕置きっ、て…」

「あんな魔鬼なんかに触らせたろう。それもイったな？　お前は俺達のものだというのに」

「心配しなくとも、穢れはきっちり抜いてあげる。でもうんと泣いてもらわないとね」

「あ、だ…だめ、あ、あっ！」

下肢の衣服を剥《は》ぎ取られ、両膝を大きく開かされて恥ずかしい場所を露わにされてしまった。そこは魔鬼に触られて射精しており、その痕跡が残っていた。そして股間のものはすっかり反応して、触って欲しそうにそそり立っている。

「こんなに先っぽ濡らして、虐めてって言ってるみたい」

火月はいつの間にか、手に紐《ひも》のようなものを持っていた。それが水葉の根元に巻き付いてきて、驚いて脚を閉じようとする。だが矢斬の手でぎっちりと押さえられて、それは叶わなかった。

「一応言っとくけど、これには意味があるのよ。なるべく射精を我慢して一気に出したほうが、穢れが綺麗に消えるの」

「いい子だ。じっとしていろ」

「あ、やっ、あ、縛らな…っ、んううう…っ！」

根元に巻かれた紐を締め上げられて、苦痛とも快感ともつかない感覚に喉を反らせる。だがこの状態では吐精はできないだろう。腰の奥から生じるどくどくという疼きが、すぐに耐えられないところまで来ていた。

「あうっ、あ、は、くる、し…っ」

「これでもう絶対に出せないからね」

「いやだ、こんなの…っ」

「我慢していろ」

力の入らない身体を組み敷かれて、左右の乳首にそれぞれの舌先が這う。

「ああっ、はっ！」

すでに興奮で尖っている突起を弾かれ、口に含まれてしゃぶられ、吸われたりを繰り返される。胸の先からたまらない快感が広がっていって、腰の奥に直結した。縛られている股間のものに刺激が響き、思わず腰が浮いてしまう。

「あんっ、んっ、…っくううっ、あっ！」

「気持ちいい？」

「ひぁ、あぁぁ…っ、つ、つらい…っ」

舐められている乳首は蕩けそうなほど気持ちいいのに、脚の間がずくずくと疼いて、つらい。彼らの舌が尖って膨れた乳首を弾く度に、腰が浮いた。

「あ、乳首、だめっ、そこ弱い、よわいからあっ…」

「そうだな。お前はここも弱い。イくまで弄ってやるからな」

「だ、だって、これじゃ、イけな…っ、んぅぅう…っ」

じゅう、と音を立てて吸われ、指先まで甘い痺れに侵される。腰の奥にきゅんきゅんと甘い衝撃が走った。ずくん、と突き上げるような、これまで感じたことのない感覚に瞠目する。

「あ、ア、あうっ」

何か来る。身体の奥から、とてつもない気持ちのいいものが。

けれど今の水葉は精を放つことができない。

それでも痛いほどに敏感になった乳首は、魔獣達の愛撫にひくひくと悶えている。

「んく、あぅんんっ…、や、なんか、へん…っ、変に、なる、からっ、あっ、もう、舐めない、で…っ」

「もっと変になっていいんだよ。もうイきそうでしょ？」

「あ、ん――――っ、あっあっ、出せな、いぃ…っ」

根元を戒《いまし》められた水葉のものは、朱く充血して苦しそうにそそり立っていた。その先端からは、透明な愛液があふれて幹を伝い、濡らしている。

「出せないいだけだろう？　イけるはずだ」

「ひあっ！　はっ、あぁぁっ…！」

矢斬と火月の指先が、水葉の上半身を這い回った。敏感な脇腹や腰骨をまさぐられて、もうたまらなくなる。そのうち、腰の奥から何かがせり上がってきた。

「あ…っ、う、うそ…っ、あぁっ！」

覚えのある絶頂の感覚。快感はずっと堰《せ》き止められているというのに、イけるわけがない。なのに。

「あ、ア、あぁあぁあぁ」

身体の中で快感が弾ける。腰骨がじゅわっ、と痺れて、全身が法悦に包まれた。びくびくと震える屹立の先端から、ほんの少し白蜜が零れる。

「あぁ――――…ひぃぃ…っ」

目の前がくらくらする。水葉は瞳を潤ませたまま、はあはあと胸を喘がせていた。ようやっと水葉の乳首から口を離した魔獣達がにやりとほくそ笑む。

「イけたじゃん。いい子いい子」

火月の手で、宥めるように髪を撫でられた。褒められた、と感じて、どういうわけだか嬉しい、と思う。だが、身体は切ないままだった。むしろ吐精せずに達したことで、まだ絶頂状態に引き上げられたままになってしまう。そんな水葉の肢体を、矢斬が腰から脇にかけて撫で上げていった。

「ふあぁああっ」

「これだけでもイきそうか？」

「それなら、お尻を虐めてあげたらどうなるんだろうね？」

火月の指が水葉の下肢に伸びる。抵抗を試みたが、無駄だった。もう抗う意思さえ消えかかっている。

「んぅうっ」

「ほら、力抜いてお尻緩めて…、ああ、すっごい熱い」

「あっ、あっ」

肉環をこじ開けて侵入してくる指に、媚肉が絡みつく。柔らかい内壁を擦られると、腹の奥から快感が込み上げた。くちゅくちゅと音を立ててまさぐってくる指に、啜《すす》り泣いてしまう。

「ああっ……、いい…っ」

前を封じられてつらいはずなのに、一度達してしまったら箍《たが》が外れてしまったのか、次第に愉悦の方が大きくなってきた。内部の感じる粘膜を探るようにかき回してくる指を締めつけ、味わおうとする。

「感じている顔をもっと見せろ」

火月の指での愛撫によがっていると、矢斬に顎を捕らえられて彼のほうを向かされた。

「あっ……！」

「いやらしい顔だ」

「み、みるな…っ」

「どうしてだ？　可愛いのに」

そう言って口づけられる。舌を突き出して絡め合うと、くちゅくちゅと卑猥な音がした。

「んん…あぅんん…っ」

「……ここも、触ってやろうか」

矢斬の手が水葉の下肢に伸びる。根元を戒められて股間で勃ち上がっているそれを、根元からそうっと撫で上げられた。

「ああ…っ！　はぁぁあっ、あっ！」

まるで快楽の神経を直接撫ぜられているみたいに感じてしまって、腰がぐん、と持ち上がる。

「どうだ？　つらいか？」

「ああっ、あっあっ、そこっ、触られた…ら…っ」

強い刺激が脳髄を痺れさせていった。出せないそこを刺激されるのは苦しいはずなのに、下肢を甘い感覚が支配していく。苦痛も確かにあったが、それよりも快感と興奮のほうが上回っていた。

「まだ我慢しててね。穢れがここに溜まっていくまで」

「あ…ああ、いつ、溜まる…っ」

「うーん、もうちょっとかなあ」

火月は呑気な口調で、相変わらず水葉の中を指で嬲っている。また前後を同時に責められ、もうわけがわからなくなりそうだった。おまけに今は、前を紐で封じられている。それなのに、また身体の奥から愉悦の波がとめどなく込み上げてきた。

「んん、あぁぁあ…っ」

吐精のない絶頂に、仰け反った肢体が震える。

(あ、これ、おさまらない…っ)

射精なしで極めると、なかなか波が引いてくれない。水葉はおかしくなりそうなもどかしさに啜り泣き、彼らに許しを請う。

「…っもう、やぁ…っ、きもちいいの、つらい…っ」

「――そろそろ限界か?」

水葉の先端から溢れる蜜で濡れた指先を舐めながら矢斬が呟いた。

「そうねえ。だいぶ溜まってきたと思うし、そろそろいいでしょ」

やっと許してもらえる。水葉はもう言葉も出せずに、ひくひくと身体を震わせている。

「よくがんばったな」

「今、出させてあげるね」

「あ、あ」

はやく、はやく、と、声にならない声が漏れる。火月の指先が根元を食い締めている紐をゆっくりと解き始めた。覚えのある射精感が込み上げ、カアッと精路が熱くなる。

「あ――――あ、ああっ！」

そんな水葉のものを、矢斬が優しく根元から扱き上げてくる。強弱をつけ、まるで乳でも搾るように。

「ようし、沢山出せ」

「ん…っんう、んぁあぁあ……っ、～～～～っ」

細い腰ががくん、と揺れた。次の瞬間、小さな蜜口から勢いよく白蜜が噴き上がる。さんざん堰き止められていたそれは、びゅくびゅくと音を立てそうに迸り出た。

「ああ――――…っ、で、る、ひ、ぃ――――…っ」

後ろから矢斬に両脚を開かされ、大きく開かれた股間のものを扱き上げられる。腰が抜けそうな絶頂が何度も繰り返し訪れ、水葉はその度に仰け反って震えた。

「ああ、ほんとやらしいねえ」

それを目の前で見ている火月が、感嘆の声を漏らす。燃えるような羞恥が全身を包んでいるのに、水葉は彼の目の前で腰を突き出すようにくねらせた。もっと、もっと見て欲しい。俺の恥ずかしい姿を。

「可愛いよ」

「あっ…、んんん…っ」

口づけられて、舌を吸われる。水葉は自分から重ねる角度を変えて、彼の舌を吸い返した。

「…っふ、は…っ」

やがて射精の勢いも収まり、水葉は矢斬の腕の中に脱力する。股間はしとどに濡れて、まるで粗相《そそう》でもしたみたいだった。

「…水葉、挿れるぞ」

「あ、ん…っ」

膝の裏を持ち上げていた矢斬の腕に、ぐぐっ、と力が籠もる。圧倒的な膂力《りょりょく》で、水葉の身体が引き上げられ、聳《そび》え立つ男根の上に降ろされる。先ほどまで火月の指でさんざん蕩かされていたそこは、矢斬の凶器の先端を嬉しそうに呑み込んでいった。

「…っう、あっ、あぁぁあ…っ、はいって、きた…っ」

肉環をこじ開け、ずぶずぶと挿入されるそれに、内腿《うちもも》が細かく痙攣を繰り返す。水葉は恍惚《こうこつ》とした表情で、その快感を味わっていた。やがて自重ですっかり呑み込んでしまい、はあっ、と熱い息を漏らす。

「動くぞ」

「っ、あっ、あっ…！」

下からずうん、と突き上げられ、脳天まで突き抜けるような快感が駆け抜けた。腰から背中にかけて、びりびりと痺れる。

「あっ、いっ、いいっ…、あぁぁっ」

次第に強くなる律動に、高い声が漏れる。矢斬のものが肉洞を擦り、奥を突き上げてくるたびに、意識が白く濁りそうになる。

「…そんなにいいか？」

背後から、耳元で囁く矢斬の声も、熱く掠れていた。その声がひどく扇情的だとも思う。

「ん、う、いぃ…っ、すごい、よぉ…っ」

水葉は口の端から唾液を滴らせて喘ぐ。きっと今自分は、ひどく淫らな顔をしていることだろう。後で正気に戻ったら死にたくなるほどの羞恥に苛《さいな》まれるとわかってはいるが、今はもうどうでもよかった。

（だって、こんなの――――我慢できない）

「――ああ、かわいそうに。ここ少し痕になっているね」

火月の指が、水葉の股間のものにそっと添えられ、根元を優しく撫でる。さっきまで戒められていたそこは、朱く痕を残していた。

「舐めてあげるね」

「っ！　あっそんなっ、あっ、あっ、ふあぁあ…っ！」

後ろを犯されている時に前を口淫されて、水葉は耐えられずに声を上げる。火月の舌先は水葉の根元をねっとりと舐め上げ、そこから裏筋をくすぐるように辿ってきた。

「あ、ああ…あ、ぁんん…っ」

たまらない快感に、両の膝頭がびくっ、びくっ、と痙攣する。

「ああ――もう――、熔けそう…っ、前も、後ろも…っ」

感極まって喘ぐように言うと、矢斬のものの先端が、内奥をごりごりと抉った。腰を痙攣させて声もなく仰け反った水葉の耳に濡れた舌先が差し入れられる。

「俺も熔けそうだよ」

「ん、ふ…っ、くう…うっ」

前を火月にじゅうっ、と吸われて、腰が砕けそうになった。またイきそうになってしまって、水葉は泣くような声を上げる。

「あっあぁあっイくっ、いくうぅ…っ！　――っ！」

出されたもので中を濡らされ、その感覚にも軽く達してしまう。それと同時に、もう戒めのなくなったものからは、また白蜜がしとどに出た。それをすべて、火月が飲み下してしまう。

「あっ…、はっ…」

まだ終わらない。次は火月に挿入されるのだろう。そう思って身構えていると、やはり彼は身を起こし、自身を引き出して、水葉のそこに押し当ててきた。

「え…っ？」

ただし、矢斬がまだ中にいる。

「ちょっ…と、なに…！」

「ああ、動くなよ」

背後から矢斬に抱き締められ、動きを封じられた。

「大丈夫だから、力抜いておいで。すっごく気持ちよくしたげるから」

後孔に凄まじい圧力がかかり、ぐぐっ、と火月の先端が挿入ってくる。同時に二本、そこに咥えさせられ、息が止まるほどの衝撃に見舞われた。

「…っほら、入った…」

「――――…っ、う、あ、ああん…んっ」

前後から魔獣に挟まれ、二本の男根に貫かれて、信じられない快感が全身を貫いた。体内を長大なもので貫かれているというのに、気持ちが良くてたまらない。

「や、あ、しぬ、しぬぅ…っ」

二人が互いに動き出し、内壁を過激に擦られて、水葉はたちまち達したまま降りてこられない状態になった。

「お前が俺達の主人だから、受け入れられるんだ。その快楽は、得も言われぬものらしいぞ?」

矢斬の言う通り、水葉は二人に同時に犯されて、何度も達した。頭の中が真っ白に染まって、もう何も考えられなくなる。

「ね、私達のこと、好きでしょう?」

「…っすき、すきぃい…っ、あぁぁあ……っ」

がくがくと身体を揺らされながら問われて、無意識の裡で応えた。すると魔獣達の喜びの気配が伝わってきて、さらに淫らに貫かれる。

もう理性も何もなくなって、ただ肉体と心のままに情欲に溺れ、彼らを求めた。これほど幸せなことはないと思いながら。


夜も白々と明けてきている。水葉は風呂に入った後、廊下を渡って自分の部屋に戻るところだった。

「ふう…」

（やっぱり、はめを外しすぎたんだ）

足元が未だに少しふらつく。予想通り、行為が終わって正気に戻った時、水葉は死にたくなるほどの羞恥に襲われた。彼らは気を失った水葉が目が覚めるまで側にいて、寝顔を見ていたらしく、それもまた気恥ずかしい。いったい自分はどんな顔で、何を口走ったのだろう。うっすらと覚えているあたり、余計にいたたまれない。結局水葉は逃げるように布団から出て、風呂に入りにきてしまった。

（けど、嫌だったわけじゃない）

そもそも、最初から嫌なことなどなかった。おそらく自分は、最初から彼らのことを憎からず思っていたのだと思う。水葉の中にいる薄紅はそのことを予言していたという。結局は運命だったのか。

（仕方ないか）

こんな家に生まれてきて変な話だと思うが、水葉は自分の思いや記憶が薄紅の影響下にあるということに抵抗を感じていた。自分は自分だと強く反発し、薄紅と同一視されることを嫌っていたのだ。けれどそれは、おそらく意識しすぎていたせいだ。

魔獣達も言っていた。始祖である薄紅と水葉は、その魂こそ一部が同じものであるけれど、人格はまったくもって違うものだ。それが今日、わかった。そして水葉はようやっと、自分の中の薄紅を認めることができたのだ。だからようやく、スタートラインに立てた。小桜の新当主だと、胸を張って名乗れるだろう。

「……ん？」

　廊下の曲がり角の向こうに、誰かがいる。濡れ縁からぼんやりと庭を眺めているその姿は、菊名のものだった。

「何してるんだ？　こんな時間に」

「――水葉兄様」

　何やら物思いに耽《ふけ》っていたような彼は、水葉が声をかけるとはっとしたように振り向く。

「眠れないのか？　もう夜が明けるぞ」

「水葉兄様こそ、今お風呂上がりですか？」

　逆に問いかけられ、気まずそうに目を逸《そ》らした。

「それはそうと、もう魔鬼の穢れは落とせたのですか？」

「ああ、うん。魔獣達が処置してくれた。心配かけて悪かったな」

　処置の方法も、多分彼にはなんとなくわかっているのだろう。水葉はなるべく表情にでないように、努めて平然と振る舞った。

「それならよかったです。水葉兄様は大事な『鍵』ですから。小桜家には、なくてはならない御方です」

その時の、菊名の言葉がどこか引っかかって、水葉は彼をまじまじと見た。

「何か？」

「――――いや。菊名はいつもそう言うけれど、お前がいなければ俺はやっていけていなかったと思う」

そう告げると、彼はひどく驚いたような顔をした。

「僕は、当然のことをやっていただけで……」

「人には誰でも役目というものがあるけど、それを理解してやれている奴はそういない。俺も、それがわかったのはつい最近だ」

戦えない水葉のかわりに、彼は水葉を護り、側にいてよく仕えてくれていた。本当は彼だって、同じ年代の者のように、自由に楽しく過ごしたかったろうに。

「そう、なんですか…？　水葉兄様が？」

「ああ、どうして自分が『鍵』に生まれたんだろうって考えることも、時々はあったよ」

菊名は黙っていた。ただもの言いたげな視線が水葉を捉える。

「人ってままならないものですね」

そう言って小さく笑う彼は、どこか寂しげに見えた。

「もう、部屋に戻ります――――、兄様は、ゆっくりお身体休めてください」

「ああ、ありがとう」

菊名は背を向け、自分の部屋に向かって廊下を歩いて行く。その背中を見送り、水葉は自分もまた、自室へと戻っていった。

その日を境に、菊名の姿は小桜邸から忽然と消えてしまった。

水葉は主のいなくなった菊名の部屋に足を踏み入れる。

そこは綺麗に整頓されてはいるが、彼がいる時そのままに私物が残され、今にもその入り口から菊名が入ってきそうに思える。

「…菊名」

いったい、彼はどこへ行ってしまったのだろう。

彼が消えてから、四日。水葉はもう一度、その時のことを思い出してみる。あの日、夜明け間近の廊下で話をした時が最後だった。水葉が起きてきたのは昼を過ぎていて、その時にはもう彼の姿はこの家にはなかったのだが、何か用事でもあって出かけているのだろうと気に止めなかった。だが、日も暮れて夜になっても彼は戻ってこない。さすがに心配になってスマホに電話してみたが、着信音がすぐ家の中で鳴った。彼は、スマホを置いていったのだ。

そうして一晩待ち、さすがにおかしいと思った水葉は、菊名の父の宗明に連絡をとる。

『菊名が…？　いや、こちらには戻ってきてはいないが…』

宗明は怪訝そうな声で答えた。

『いなくなったのかい？　水葉君に無断で？』

『いえ、何か用事があったのかもしれないし…、ただ少し心配になっただけですから』

宗明が菊名に厳しいことを知っていた水葉は、なるべく事を荒立てないようにと言い訳をしたが、宗明はその日の午後に小桜邸にやってきた。

宗明は菊名がまだ帰ってこないと聞くと、険しい顔でかぶりを振り、水葉に頭を下げた。小桜家の当主を守るものが、無責任なことで申し訳ない、と。

水葉はその時、ひどく驚いた。てっきり、責められるのは自分のほうかもしれないと思っていたのだ。当主がいながら何をしていたのだと、そう叱責されることも覚悟していた。何故なら、宗明は菊名の父親だからだ。

だが、実際に言われたことは、真逆のことだった。

「息子は探し出して、必ず連れ戻す。君には面倒をかけて申し訳ない」

「いえ、そんなことより、菊名の身の安全のほうが大事です」

もしも彼が水葉の面倒を見ることが嫌になって出奔《しゅっぽん》したとしたら、それはそれで仕方がないと思った。もちろん、本当にそうだとしたらそれは寂しく、彼に対して悪いことをしたと思う。願わくば、菊名の思う通りにして欲しいのだ。だがそれには、まず彼の意思を確認してからだ。

けれど、宗明は違うのだろうか。

「菊名が我が家の恥となるならば、勘当《かんどう》するまでだ」

宗明の言い様に、水葉は戸惑った。亡くなった父親は厳しくはあったが、水葉のことを信頼し、愛情を注いでくれたと思う。特殊な家系ゆえのことはあったが、今はちゃんと納得している。けれど、宗明が何を考えているのか、水葉にはわからなかった。

「――――」

妙に広く感じる菊名の部屋で、長くため息をつく。

彼の行方が知りたい。もしも自分の意思で消えたのなら、会って話がしたい。

「お前がそんな顔をしていると、こっちまで気になって仕方がない」

「まあ、悩ましい顔ではあるんだけどねえ」

背後から矢斬と火月の声が聞こえて、水葉は振り向いた。

「お前達の力で何かわからないのか」

「無理だな」

一言のもとに斬り捨てた矢斬に、水葉は眉を寄せる。

「あのね。こないだの魔鬼の時みたいに、あんたが消えたら、私達はあんたがどこにいるかはだいたい探し当てることができる。繋がっているからね。けど、あの子の場合はそうじゃない」

繋がっていないからね、と火月が告げた。それを聞き、水葉はまた息をついた。

「人間には人間の探し方があるんじゃないのか？」

「え？」

「たとえば――それだ」

矢斬は机の上にある菊名のスマホを顎で指し示す。それは、二日目の日に宗明が帰ってから、中を改めさせてもらった。ロック画面は、誕生日ですんなりと開いた。

「関係ありそうなものは見当たらなかったけど…」

ためらいながらもメールボックスを覗かせてもらったが、手がかりになりそうなものはなかった。ＳＮＳなどのアカウントも見当たらない。

「あ…」

ネットの履歴。

もし、どこかに行くつもりだったのなら、その場所を調べた形跡があるかもしれない。

水葉は菊名のスマホを手に取り、ネットにアクセスした。すると、とある場所を調べた形跡がある。

「ここは…?」

そこは確か、宗明が所有するビルのひとつだった。水葉の脳裏に疑問が湧き起こる。

このビルは結構古いもので、菊名も場所を知っていたはずだ。それなのに、今更所在地を調べるなどということをするだろうか。

「……」

もしかしたらこれは、菊名のメッセージなのかもしれない。何かの理由でいなくなることを水葉に告げることができずに、探して欲しいと言いたかった可能性もある。

いつも彼には守ってもらった。だから、今度は自分が彼を守らなければならない。

「――――矢斬、火月、頼みがある」

「お前の命令なら、なんなりと」

「どこでも行ったげる」

水葉は振り返り、自分の僕である魔獣の頼もしさに小さく微笑んだ。


何かあっても、人目につきにくい夜を待ったほうがいいと言われて、水葉は魔獣達を連れて町外れの古いビルに向かう。この間のように車で行こうとしたところを、ふと彼らに呼び止められた。

「待って。このまま走っていくから」

「走って…?」

どういうことなのかわからずにいると、いきなり矢斬が水葉を抱き抱える。

「え、ちょっ…?」

「帰りは私が運んでいくから！」

「好きにしろ」

そんな会話を交わした後、二人はそのままおもむろに走り出した。

「うわっ…⁉」

突如襲ってきた浮遊感と、風を切る感覚。気がつけば、水葉は矢斬に抱えられたまま、もの凄いスピードで山道を疾走《しっそう》していた。

「何だよこれ、車より速いじゃないか…！」

叫ぶように言うと、隣を疾走する火月が笑って答える。

「まあね、だけど、あの時は人がすることをしてみたかったから」

まるで飛ぶように走る魔獣達に運ばれたら、道も川も関係ない。水葉達は最短ルートで、さほど時間もかからずに目的地に到着した。

あたりは建物も少なく、すぐ側に水田が広がっている。その中に一棟だけ聳え立つビルは、まるで墓標のようにも見えた。少し前まではこのビルには建設会社が入っていたはずだが、一年ほど前に不渡りを出し、倒産してしまったという。噂では社長がこのビルで首吊りをしたという話になっているが、おそらくそれはデマだ。だがこの町の中では、ちょっとした心霊スポットになっていると聞く。

矢斬に降ろされた水葉は、そのビルの入り口に立って見上げた。中は静まり返っている。

「……何かわかるか？」

「結界が張られているみたい」

「だが、中にはわんさかいるぞ。殺《や》る気まんまんのがな」

おもしろくなってきた、と、矢斬が口元を歪めて笑う。尖った犬歯が剥き出しになり、従来の獰猛さを隠しもしなかった。

「久しぶりに暴れられそう」

火月の豪奢《ごうしゃ》な髪がぶわっ、と広がる。よく見ると、瞳の虹彩《こうさい》が縦になっていた。獲物を狩る時の肉食獣の目。彼らは魔獣なのだ。どんなに水葉に優しく睦言《むつごと》を囁いても、その本性はきっと変わらない。

(それでこそ封印されし獣じゃないか)

自分はこんなにも危険な獣を率いているのだ。このビルの中がどんなに禍々しい場所であっても、きっとやれる。

「じゃ、入るよ。いいね?」

「頼む」

水葉が頷くと、火月は入り口を開け、中に入った。

「俺達から離れるな」

「わかってる」

建物の中は、静かだった。一瞬拍子抜けした水葉だったが、すぐにそれが間違いだと気づく。

目の前の階段の上から、何かが降りてくる気配がする。ずるずると粘着質な音を立て、だんだんとこちらに近づいてくるのだ。異様な臭気が鼻をつく。

「来るぞ」

踊り場の陰からそれが姿を現した。四つん這いになった人のような姿で、目はなく、口から出た長い舌をうねうねと揺らしている。その後ろにも、同じような姿のものがもう一匹出てきた。

「ああ、やだわあ。美しくない」

火月がげんなりした顔で、片手を上げる。次の瞬間、彼の爪がジャキッ、と音を立てて伸び、鋭利な刃物のような形状になった。

「あれは鬼ですらないものだ。知性もなく、ただ黄泉の国の地を這いずるもの」

矢斬の爪もまた、鈎《かぎ》状の鋭いものに変わる。水葉は目の前に現れたものに、嫌悪の情を堪《こら》えるのに必死だった。これまでいくつか黄泉の国に生きるものを見てきたが、向こうにはこういったおぞましい存在が溢れているのだ。

そして菊名は、おそらくこの上にいる。どうか無事でいてくれと、祈らずにはいられなかった。

「――――アアアア！」

地を這うものが、同時にこちらに飛びかかってくる。彼らはそれを、いとも容易《たやす》く爪で引き裂いた。縦に真っ二つになったそれらは、ぶすぶすと焦げたように崩れていく。

「次だ。行くぞ」

遺骸《いがい》には目もくれず、水葉達は階段を上がっていく。途中のフロアでは、やはり何度も襲撃を受けた。そしてその度に、魔獣達は圧倒的な強さで敵を撃破していく。階を昇るごとに手応えも増していったが、それでも彼らの敵ではなかった。

「――――ガッ！」

見上げるほどの巨体が、壁に打ちつけられ、そこからひびが入る。

屋上のひとつ手前の階に出てきた敵は、以前出会った牛鬼と同じものだったが、それよりもずっと手強《てごわ》いように水葉には見えた。魔獣達もさすがにいくつか手傷を負っている。

「大丈夫か」

「あー平気平気。さすがにちょっと数が多かったけどね。けどここに来るまで、たくさんあんたのこと抱いたから、貯金はめいっぱいあるよ」

「だがまあ…、この上にいる奴が本命だろう」

矢斬は人間のように腕を回しながら、天井を見上げた。

「これが終わったら、また食わせてもらうぞ」

矢斬がにやりとしながら不敵に水葉を振り返る。その意味するところをわかってしまって、思わず顔を赤らめた。

「あっ、ちょっと抜けがけはなし！　私も私も！」

火月の緊張感のない物言いに、思わず笑いが漏れる。

「わかってる。好きなだけしていいから」

すると、彼らは不穏な笑みを浮かべてこちらを見たので、思わず言葉を失った。

「その言葉忘れるなよ」

「言質《げんち》とったからね」

「…っ俺が嫌だって言っても、どうせするくせに……」

不満げに言い返すと、二人はますます意地悪な表情になった。

「本当に嫌だったことがあるならな」

ああ言えばこう言われて、本当に憎たらしい。だが、今はそんな場合ではないことにはっと気づいて、彼らを促した。

「じゃあ、行こう。多分この上に菊名がいるような気がする」

彼らは頷いて、屋上への階段を足早に上がった。


「――――菊名！」

水葉達が屋上へ出た時、生温かい風が頬に吹き付けてくる。空は見たこともないような闇に覆われていた。それなのに、屋上全体がぼうっと浮かび上がるように光っている。人間である水葉が一見しただけでも、何かこの世のものではないものがそこにいるのがわかる。

それも、これまで感じたことのないほどに、凶悪なものが。

魔獣達はそれを、当然ながら水葉よりも敏感に感じ取っていた。

「…気をつけなさいよ。ここにいるのは今までと違――」

「火月‼」

言い終わらないうちに、火月は何者かに吹き飛ばされ、屋上のフェンスに叩きつけられる。

かなりの衝撃でぶつかったフェンスが歪み、彼はそのまま床に倒れ伏した。

そして水葉の目の前で、矢斬が別方向に飛ばされ、やはりフェンスがひしゃげるほどの強さでぶつかる。

「矢斬――火月！」

あれだけの強さを誇る魔獣達が、ただの一撃でやられてしまった。

信じられなかった。

（いったい、何が起きている？）

水葉は心を落ち着けようと努め、あたりを見渡した。ここはもう、すっかり異界と化している。屋上の正面、ついさっきまでは誰もいなかったところに、人影があった。見慣れたその姿に、水葉は息を呑む。

「――菊名‼」

駆け寄ろうとした水葉は、だが菊名の様子が違うことに気づいた。いつも穏やかな笑みをたたえ、それでも言う時は言う実直な彼だったが、その顔からはいっさいの表情が抜け落ちていた。

「…菊名？」

彼は目を伏せている。水葉の呼びかけに、その瞼《まぶた》がゆっくりと上がった。

「――――水葉兄様」

まるで能面のような白い顔に、ふっ、と笑みが浮かぶ。水葉の背に、どこか薄ら寒いものが走った。

「僕のために、わざわざこんなところまで来てくださって、ありがとうございます」

彼の言葉は、こんな場所、こんな状況にはひどくそぐわないもののように思える。それでも水葉は、どうにかして菊名と対話を試みようと話しかけた。

「菊名。いったいどうしたんだ。何故、こんなところに――――」

水葉が一歩を踏み出そうとした時だった。足元のコンクリートがガコォッ、と砕け、中から植物の蔦《つた》のようなものが飛び出てくる。

「っ！」

「水葉兄様は、本当にお人好《よ》しですね」

慌てて飛び退いた水葉に、菊名がおかしそうに笑う。いっそ無邪気とさえ言える笑みだった。

「スマホに残していた履歴、さすがにわざとらしかったかなって思ったんですけど、本当に来てくれたなんて、ちょっと驚きでした」

「…来るよ」

彼の様子がおかしいことには、水葉はもう気づいていた。きっと彼の身に何かが起こったのだ。そうでなければ、彼がこんなことをするはずがない。

「菊名は俺の弟も同じだ。お前に何かあったら、俺はどこにでも行くよ」

「ふざけるな‼」

氷にひびが入るような一喝に、水葉は息を呑む。彼のこんな声は、今まで聞いたことがなかった。

「……兄様はいつもそうだ。子供の頃から、小桜の当主として、大事にされて、『鍵』だからって、一目置かれて――。なのに、僕はどんなに努力しても、水葉兄様を守っても、叱られてばかりで」

怒濤《どとう》のような感情の籠もった言葉を、水葉は呆然として聞いている。

「僕は影として生きろって、父さんに言われて育ちました。それでも――それでも、よかったんです。僕は兄様のことが好きだったから。けど、先代が殺されてしまった時、僕は自分が力不足だって強く感じたんです。それなのに、兄様はあっさりと魔獣の封印を解いてしまった。そして彼らのものになってしまった。許せない、許せない――」

菊名が言っていることは、支離滅裂《しりめつれつ》だった。水葉の立場に嫉妬しているようにも聞こえれば、水葉が魔獣のものになるのも許せないという。

（いや――――全部なんだ）

菊名にしてみれば、すべてが許せなかったのだ。水葉に嫉妬し、けれどもその水葉に焦がれ、魔獣にも嫉妬する。

「菊名。それは――――黄泉の力だな。屋敷に魔鬼を引き入れたのも、お前だったのか」

いったい、いつから黄泉の国と関わるようになってしまったのか。菊名の話しぶりから、父が殺された時はまだ大丈夫だったのだろう。だが彼の鬱屈《うっくつ》は、それよりも前から降り積もっていたに違いない。

水葉に問われ、菊名はうっそりと笑った。

「力が足りないって嘆く僕に、力をくれた人がいたんです」

「それは誰だ」

「言うわけ…ないじゃないですかあ」

ふいに声に媚《こ》びが含まれた。菊名の顔が上気して、目が潤んでいる。怪訝に思ってよく見ると、彼の身につけている袴や小袖の隙間から、細い触手のようなものが入り込んでいた。さっき床を割って出てきたものの一部だろう。それが、菊名の身体を犯している。

「菊名！」

「…なに、驚いてるんですか…？　兄様と同じですよ。魔鬼を使役するかわりに、供物として身体を提供する…、いつも兄様がしていることですよ。魔獣相手に、気持ちよさそうな声を上げているじゃないですか…っ、だから、僕も…っ、ああ…っ」

水葉の周りに、ざわっ、と触手の群れが立ち上がった。菊名の影が、巨大な鬼の姿に変わる。そうして、水葉の腕や脚や胴に、触手の群れが巻きついていった。強い力で空中に持ち上げられ、自由を奪われてしまう。同じように持ち上げられた菊名が、そんな水葉の首に腕を回した。

「ねえ、兄様の『鍵』の力、僕にくださいよ」

「な…っ」

「それがあれば、兄様になれる。僕、兄様と同じものになりたいんです。いいでしょう?」

「何を言って…っ、よせっ、菊名っ!」

衣服の隙間から、触手が潜り込んでくる。そうして、まるで水葉と菊名を一纏《ひとまと》めにしてしまうように、別の触手が自分達に巻きついていった。

——まずい。

菊名は水葉の力を奪う気だ。

「俺に成り代わってどうする! お前にはお前にしかできないことが——」

「そんなものないですよ。僕なんて、代わりのきく存在でしかないんです。水葉兄様だけが、唯一無二のものだ」

菊名はますます強く水葉を抱き締めてきた。そして二人を覆うように触手が包み込んでいく。

駄目だ。このままでは。

「――――何してる！　矢斬！　火月！」

最後の望みとばかりに、水葉は魔獣の名を叫ぶ。あいつら、一撃で倒されて何をやっているんだ。さっさと助けないか。

「――――承知」

どこかで矢斬の声がした。次の瞬間、かまいたちが飛んできて、水葉と菊名を繋げる触手を引き裂く。宙に投げ出された身体を、覚えのある腕が空中で受け止める。

「おまたせ！」

「火月！」

魔獣が無事だったことに、水葉は喜ぶ。火月に抱き抱えられて着地した水葉は、「離れてて」と言われて下がって様子を見た。

「…っまた、お前達か」

菊名は体勢を立て直し、魔獣に向き直る。彼の影はいよいよ大きくなり、触手の先端が武器のように変化した。

「たとえお前が『鍵』となっても、俺達はお前にはつかない」

「気持ちはわからないでもないけど、やっちゃいけないことをやったのよ、あんた」

「うるさい…！　邪魔をするな！」

　菊名の感情に従って、いくつもの触手の鋭利な先端が魔獣達に襲いかかる。彼らはそれを、ありえない身のこなしで避けていった。だがそれを追うように触手達も魔獣を追いかけ、コンクリートの床に無数の穴が開く。

「ちっ……！　埒が明かないな」
「しょうがないなあ」

　彼らは床を蹴って飛び、そこから給水タンクの上に着地する。

「楽したかったんだけどなあ」
「久々の顕現だ。そうもいかないだろう」
「まあ、そうね、いいとこ見せたいし！」

　魔獣が再び飛ぶ。その瞬間、彼らの身体が白い光に包まれた。その光が収まった時、魔獣達はこれまで見たことのない姿に変化していた。

　巨大な黒い狼と、同じく巨大な虎。二頭とも、目元に朱い隈取《くまど》りが入っている。

　――あれが、彼らの本当の姿。

　獰猛でありつつもどこか神々《こうごう》しいその姿を見た時、水葉は確信した。

　これと同じ姿を、自分はどこかで見ている。

　それは遠い記憶だった。おそらく薄紅のものであろうそれを、水葉はすんなりと受け止める。

　狼と虎は鋭く咆哮を上げると、その牙と爪で触手を引き千切る。無数に蠢いていたそれは、彼らの一閃《いっせん》によって、ちりぢりに消えていった。

「さあ、あとは本体だけだな」

地面に着地した矢斬が狼の姿でそう呟く。

「現世でこの姿になると、めっちゃ疲れるのよね。これご褒美もらわないとだめだわ」

「や、やる！　褒美でもなんでもやるから！」

水葉がそう叫ぶと、魔獣達は喉をぐるぐると鳴らした。

「僕は負けない…、こんなことで、負けない、負けるはずないんだ！」

触手がやられたことで力の一部を失ったのか、菊名はふらつきながら、だが強情に敗北を認めなかった。

「お前は自分の役目を間違えた」

「そろそろ観念なさい。引導を渡してあげる」

「こんなこと、認めない」

菊名の影である鬼の腕が伸び、両腕で魔獣に襲いかかる。だが魔獣達はその腕を逆に駆け上がった。そして肘《ひじ》の辺りで力強く跳躍し、まるで弾丸のように、その身体で鬼の胸を貫く。

鬼の口が、まるで悲鳴を上げるように大きく開く。誰かに助けを求めるように腕が伸ばされ、やがてゆっくりと背後に倒れるように消えていった。

そして、それと連動するように、菊名の胸から真っ赤な血が噴き出す。

「──菊名！」

それを見た水葉は、今度こそ真っ直ぐに菊名の許に駆け寄った。倒れている彼を抱き起こすと、喉からひゅうひゅうと苦しそうな息を漏らしている。そこに、まだ獣の姿の矢斬と火月も近づいてきた。

「菊名！　しっかり…！」

「…あは、また、失敗しちゃったなあ…、やっぱり僕って、中途半端…」

「しゃべるな！　今、病院に…！」

「無駄だ」

菊名を運ぼうとする水葉を、矢斬が重々しい声で制する。

「俺達のつけた傷は、人間の手では治せない」

「……そんな」

「その子は、世界の均衡《きんこう》を乱そうとした。それがどういう結果になるのか、覚悟もしていたでしょ」

「──…」

魔獣達の言葉に絶望して、菊名を見る。すると彼は、苦しげに笑ってみせた。

「……その通り、覚悟は、してました…。一度、思いっきり反抗してみたかったんです…、いろんな、ものに…」

「菊名…」

彼の生命《いのち》の灯《ひ》が揺らいで、今にも消えそうになるのが見える。どうにかできないのかと必死で考えていた時、ふいにその場の緊迫した状況にそぐわない声が聞こえてきた。

「意外に容易くやられてしまったなあ。君ならもう少しやれると思ってたんだが、菊名」

「……！」

水葉は振り向く。魔獣達も同じ反応をした。今の今まで、誰も気がつかなかったのだ。その男がここにいることに。

正絹《しょうけん》の和服姿。穏やかな微笑み。

「――公佑、さん…？」

そこにいたのは櫻多家当主、櫻多公佑だった。

「どうして、あなたがここに…⁉」

「水葉、気をつけろ。そいつはやばい」

「うまく尻尾を隠していたわね」

魔獣達が、今まで見たこともないような緊迫した面持《おもも》ちで水葉達の前に立つ。そんな彼らに対して、公佑はにこやかな表情を崩さなかった。

水葉の腕に、菊名の手が弱々しくかけられる。

「…水葉兄様…、あいつです……。僕を、そそのかした、のは…」

「……公佑さんが？」

水葉の言葉に、菊名は小さく頷いた。

「心に闇を抱えていた僕に…、あの男は、言葉巧みに近づいてきました……、『鍵』の力が、欲しくはないかって……」

そうすれば、菊名は水葉の力を手に入れ、水葉より上位の存在になれる。だが、いくら菊名が闇に傾いていたとしても、彼ほどの術者がそうそう取り込まれたりはしないだろう。

それは単に、櫻多公佑が、そんな菊名を籠絡するほどの力を持っていたということだ。

「…っそんな、公佑さん、どうして…っ」

水葉の絶望的な問いかけにも、彼は少し首を傾げただけだった。

「そんなことより、早くなんとかしないと、その子が死んじゃうんじゃないかな」

「っ」

水葉があわてて菊名に視線を戻した隙に、公佑の姿は忽然と消えていた。

「追うか、水葉」

「今はいい！　…それより、菊名が…」

無理をしてしゃべったせいか、菊名の呼吸がひどく弱々しく、顔色は紙のように白くなっていた。

「ごめん…なさい、兄様…。弟みたいに、思ってくれていたのに……」

「嫌だ、菊名…！　死ぬな！」

水葉の目から涙が溢れる。それが血で汚れた菊名の頬に落ちると、彼はうっすらと微笑んだ。

水葉の腕にかかる体重が急に重みを増したかと思うと、頭ががくっと後ろに落ちる。

「！」

事切れた菊名の身体から、魂が抜けていく感覚がした。

（——行くな）

水葉はその瞬間、それだけを思った。その思いは、水葉に眠っていた力を目覚めさせる。身体の奥底から湧き出《い》でるものをどう使えばいいのか、この時の水葉にはわかっていた。

掌を菊名の血に染まった胸に当て、ゆっくりと送り込む。掌が淡く発光し、それは水葉の身体全体を包んでいった。

「……っこれって」

「反魂《はんごん》の術、蘇生の力。水葉固有の、こいつの本来の力だ」

自分にこの力があることは知っていた。だが今の今まで、どう使えばいいのかわからなかった。父が殺された時は、御山に行き魔獣の封印を解くのが最優先の役目だったから、この力を使う時間はなかった。

（自分が中途半端だなんて、俺だって思っていた）

だから、戻ってきて欲しい。数少ない血族で、俺の弟なのだから。

しばらく力を注いでいると、菊名の頬に赤みがさしてきた。睫《まつげ》が震え、瞼がゆっくりと開かれる。

「菊名！」

「…水葉、兄様…？」

菊名は胸の傷が塞《ふさ》がっていることに気づき、驚いて水葉を見やった。

「…っ蘇生の術⁉　どうして…っ？」

「俺も同じだったから」

何故自分を生き返らせたのかと聞く彼に、胸の裡を語る。

「子供の頃から、俺はずっと始祖である薄紅の生まれ変わりとして扱われてきた。俺は俺なのにってずっと思ってたし、あんな偉大な始祖と重ねて見られる重圧もあった。だからお前の気持ちはよくわかる」

でも、と水葉は続けた。

「誰かに重ねられても、比べられても、それで自分がなくなるわけじゃない。だって、なろうとしたって、誰かになることなんてできないんだ――。そうだろう？」

「――…」

菊名の瞳に涙が盛り上がる。それはたちまち溢れて、こめかみを伝っていった。

「――僕を、許してくれるんですか」

水葉は少し困ったように笑った。

「どうかな。今回ほんとに大変だったからなあ。この先菊名がちゃんと俺達の味方になってくれるっていうのなら」

一緒にあの家に帰ろう。

そう言うと、菊名は涙声ではい、と答えた。

「ちょっと甘いんじゃないのか」

「私もそう思う。あんな貴重な力を、裏切った子に使うことはないんじゃない」

小桜邸に戻り、菊名を寝かせてから自室に戻ると、待ち構えていた矢斬と火月に意見を述べられる。二人とも今は、人型に戻っていた。この世界で本当の姿になると、霊力をひどく消耗するのだそうだ。

水葉は苦笑して、彼らの前に座る。

「やっぱりそうかな」

「そうかな…ってあんた」

「でも、あそこで菊名を助けられなかったら、多分一生後悔するような気がしたんだ。それだけは嫌だなと思ったから」

父のことは助けられなかった。だから菊名だけは助けたかった。

私情も甚《はなは》だしいとは思う。けれど、この世を守りたいなんていう役目は、そんな私情でも挟まないととてもこなせないのではと水葉は思う。

「お前がそう思うのなら、それでいいさ。……敵が誰なのかもはっきりしたことだしな。それだけでも奴を生かした意義はあるだろう」

「まあ、そっか…、確かに」

その話をされると、水葉は目を伏せてしまう。可能性については、考えていなくもなかった。黄泉の国から、人成らざるものを喚び出す――。そのために必要なスキルを考えると、おのずと答えはそこに行き着いてしまう。櫻多家はもともとは小桜の血脈だ。彼らが小桜家から分かれ、交流を断っている間に独自の召喚術を組み立て、当主の櫻多公佑がその力を他者に付与している。そうして彼らは、この世界に次々と魔鬼を喚び出しているのだ。

「敵が分かれば、今後の対策も立てやすくなる。内情を知る者が生きて仲間になるなら、心強いという見方もあるな」

「矢斬ならそう言ってくれると思った」

「はあ？　それじゃ私が冷酷無比みたいじゃないのよ」

「そうじゃない。火月の言うことは正論だよ。ただ俺のわがままで菊名を生かしただけだ」

ふてくされる火月を宥めるように告げる水葉を、彼はまじまじと見つめた。

「なんか、あんた…、ちょっと変わった？」

「薄紅との同化が進んだんじゃないかな」

「マジ⁉」

しれっとそんなことを告げる水葉に、彼らは驚きを隠せない様子だった。

「…いいのか、それは。嫌がっていなかったか」

「うん…」

水葉は頬杖をついて考える。

「受け入れてもいいかなって。実際今でも、俺は俺だなってわかるし」

自分でも不思議だった。こんなに素直に、自分の中の薄紅の魂を受け入れられるなんて。菊名の件があったことも関係しているだろうが、やはり、彼らと出会って、自分を見つめ直したことが大きいのではと思う。

「なんか、頼もしくなったねえ」

「余裕が出てきた感じだな」

「…もしかして、前のままのほうがよかった？」

水葉が聞くと、彼らは一様に首を振った。

「むしろ惚れ直した」

「本当に…？」

「しっかりしている水葉も、興奮するしね」

軽口に思わず笑うと、抱き寄せられ、順番に口づけられた。そうされるとスイッチが入って、よこしまな気持ちになる。こればかりは、以前と変わらなかった。

「じゃ、ご褒美もらおっか」

「霊力も消耗したしな」

二人の手に袴と小袖を脱がされていき、水葉は心許ない気分になる。

「今日はどうされたい？」

「ん…っ」

上半身を脱がされ、矢斬に口づけられて甘い吐息を漏らした。

「……いつもみたいに、いっぱい虐めて…」

「本当に？　虐めちゃうよ？」

火月の舌が唇を舐めてくる。それに応えて舌先を絡め、浅く胸を喘がせる。

「いい…、して欲しい……」

はしたないことを言っている自覚はあるが、もう彼らとの情交を知らなかった頃には戻れない。脚の間に忍び込んでくるどちらかの手に、水葉は切なく息を吐いて、そっと太股《ふともも》を緩めるのだった。

「あ、は…っ、はあ…っ、ああっ」

横向きにされて片脚を持ち上げられ、火月の身体を下半身で交差するように受け入れている。

後孔に彼のものを深くくわえこみ、その大きさと形状を味わっていた。ゆっくりと動かされる律動に擦られる度に、下腹の奥からじゅわじゅわと快感が込み上げてくる。

「あ、す…ごっ、んんっああっ」

脚の間でそそり立つものは矢斬に口淫され、たっぷりと可愛がられている。水葉はその快楽を素直に受け止め、腰を揺らしていた。

「――今日はいつになく可愛いな？」

先端のくびれのあたりをちろちろと舐められ、股間が蕩けそうになる。思わず矢斬の髪に指を埋《うず》め、大きく仰け反った。その時に、中にいる火月のものも、きつく締め上げてしまう。

「こら、そんなに締めないの、悪い子ね」

「あっ、ああっ、んんっ…！」

小刻みに奥を突かれ、たまらない刺激に自らも腰を振ってしまった。

どうしてだろう。自らも力を使い、霊力を消耗したせいか、今日は欲しくてたまらない。

「ふふ、可愛い」

「あ、ア…っ、とまら、ないぃ…っ」

身体が勝手に快楽を貪ってしまっている。恥ずかしくて仕方がないのに、羞恥にすら興奮した。

「あっ、俺、やらしく、なってっ……」

「そうだな。俺達に馴染んできた証拠だ。嬉しいよ」

彼らと契約した水葉の肉体は、身体を重ねれば重ねるほど、魔獣達に慣れ、感じやすくなってゆく。水葉も、自分がどんどんはしたなくなっていっているのを実感していた。

「あ、ひ、……きもち、いぃ…っ」

火月の逞しいものでごりごりと奥を突かれると、何も考えられなくなってしまう。おまけにその状態で、矢斬に股間の根元を扱かれ、裏筋を重点的に舐められてしまっているのだ。こんな快感、耐えられはしない。

「これ好き?」

「んん、アっ、すき、すき…ぃ…っ」

すっかり快楽に惚けた頭で、欲のままの言葉を垂れ流す。

「好きなら、もっとしてあげなきゃね」

「んんあぁああぁ」

じゅぷじゅぷと音を立てながら最奥を小刻みに突かれ、水葉はあまりの快感に涕泣した。下腹の内部が甘く痺れたようにヒクつく。矢斬の舌先で嬲られている先端の小さな蜜口も、悶えるようにパクパクと開閉を繰り返していた。

「あっ、イく、いくっ……!」

とてつもなく気持ちのいい波がやってくる。それに呑まれるのはまだ怖く、けれども早く味わいたいとも切望していた。もっとも、水葉が嫌だと口にしたところで、結局は無理やりイかされてしまう。そうしてそれすらも嬉しいと思ってしまうのだ。

「――――あっ！　あああんんんっ！　〜〜っ、〜〜っ」

体内を断続的に絶頂の波が駆け巡る。水葉はその度に仰け反って内部を痙攣させ、火月を射精へと導く。最奥に叩きつけられる雄の精の感覚にも、ひぃひぃと啜り泣いた。達すると同時に、矢斬の口中に白蜜を弾けさせる。

「ふっ…、はっ、あ…っ」

「ふう…、何回抱いても最高ね」

後でまた挿れさせてね、と首筋に口づけられ、中から男根がゆっくりと引き抜かれていった。

「あぁぁ…っ」

それが出ていく感覚にすら軽く極めてしまう。もはや水葉の肉洞は、彼らのものを咥え込んで淫らに悦ぶ性器と化してしまっていた。

「次は俺だな」

力の抜けた肢体を、矢斬に組み敷かれる。

「ああ…っ」

絶頂の収まらない身体は、貫かれたがっていた。矢斬はそんな水葉の乱れた前髪をかき上げる。

「まだイってるのか?」

「…っここ…っ、ずっとひくひくし、て…っ」

自らの指で後孔を押し広げ、淫らに収縮している箇所を見せつける。矢斬の喉が、ごくりと上下するのが見えた。そこはたった今出された火月の精と、愛液とでしとどに濡れている。

「俺達のために、いやらしくなっていってるんだ」

彼らに力を与えるための身体。そうであるならば嬉しいと思う。身体中がきゅうきゅうと疼いているような感覚はたまったものではないけれど。

「さあ、俺のも味わってくれ」

矢斬の男根の先端が、後孔の入り口に押しつけられる。たったそれだけで、背筋がぞくぞくした。そして肉環がこじ開けられ、彼のものが這入《はい》ってくる。

「…んんう――――…っ」

挿入の衝撃に全身が粟立つ。水葉は耐えられずに、下腹をわななかせて達してしまった。股間のものの先端からびゅるっ、と白蜜が噴き上がり、下腹部を白く汚す。

「…ひぅうっ、あ――――っ」

だが矢斬は容赦してくれない。水葉がイっているのにもお構いなしに、絡みつく媚肉を振り切り、奥を目指していく。

「あううっ、あっ、ああっ、〜〜〜〜っ」

酷なほどの快感が身体の中心を貫いて、水葉は背中を仰け反らせた。入り口から奥のほうまでを大胆に、何度も擦り上げられると、力の入らない指で敷布をかきむしる。

「こっちも勃起しているじゃない」

火月に胸の突起を指先で何度も弾かれる。くすぐるようなその愛撫に、敷布から浮かせた背がびくびくと震えた。

「あっ！　あ…っ、それだめ…っ、あぁあぁ」

胸の先から腰の奥に直結していく刺激と肉洞の快楽が混ざり合って、どう流していいのかわからない。敏感な胸の突起は虐められて朱く膨らみ、火月の指先を楽しませている。時折爪の先でひっかくようにされると、腰骨にぞわぞわと震えが走った。

「ああっ…、いぃ…っ、いく…っイく…っ、ああぁあっ」

水葉はまた達してしまい、内腿をぶるぶると痙攣させる。その瞬間に狙ったように最奥にねじこまれ、意識が一瞬白く飛んだ。

「〜〜〜っ」

「ここが一番気持ちいいんだろう？」

奥の入り口をこじ開けられ、そこを可愛がられる度に、ごちゅん、ごちゅん、と粘度の高い音がする。

「ふあ、あっ、アっ、熔ける、なか、とけるう…っ！」

腹の中が煮えたぎるように熱くて、痺れていて、蕩けそうだった。何度も抽挿されて、水葉の媚肉は矢斬のものをきつく締め上げ、射精を促す。

「さあ、ここで俺を受け止めろ……！」

「あっあっ、だし、てっ、奥にっ……！」

腹の中に熱い獣の精がぶちまけられると、水葉もまた、一際大きな絶頂に呑み込まれる。恥知らずな嬌声を上げて、水葉は己の所有物である魔獣の下でわななくのだった。

「――――櫻多は、言葉巧みに僕に近寄ってきました」

小桜邸の、日当たりのいい座敷の一角で、菊名は自分の身の上に起こったことを語った。

向かいの上座《かみざ》には水葉が座り、壁際では魔獣達が話を聞いている。

「きっと、人の心の闇につけ込むのがうまいんだと思います。今となっては、どうしてあんなことをしてしまったのか――――あの時の僕は、黄泉の門を開けるべきなのだと、そんな気持ちになってしまいました」

「――――あの家は」

水葉がふいに口を開いた。

「父さんから聞いた話だが、あの家の人間はとにかく人をその気にさせるのがうまいんだそうだ。過去にそれで何度も揉め事が起き、それが原因で接触を禁じられたという話もある」

「頷けます」

水葉に蘇生され、助けられた菊名はすっかり憑きものが落ちたような顔で同意する。

「けれど、昔からそんなことを画策していたのか？　黄泉の門を開け、この世を混沌に陥れようと？」

「わかりません。けど、水葉兄様の前に現れたということは、もう隠すつもりがないんだと思います」

「――全面戦争、ってわけか」

壁にもたれてつまらなさそうに話を聞いていた矢斬が、その時初めて興味を示したように言う。

「やっとおもしろくなってきた」

火月が続けて口を挟む。水葉はちらりと背後を振り返り、好戦的で戦うことにしか興味のない魔獣達を困ったように見つめた。だが。

「多分、そうなんだと思う」

このまま手をこまねいていては、この世は早晩、あの男の思うとおりになってしまうだろう。

「俺達は手段を選ばず、この世を――黄泉の門を守らなくてはならない」

小桜家の当主として、水葉は背筋を伸ばし、厳《おごそ》かに告げた。

「櫻多公佑から」

赤く染まった木の葉が、かささと音を立てながら庭を転がっていく。

冬はもう、すぐ側まで来ていた。

ちゃんと聞かせて

「──そう言えば、まだ聞いていなかったな」

「何が？」

そろそろ枯れ行く山々を縁側で眺めながら、両手で紅茶の入ったカップを持ち、水葉は矢斬の言葉に応えた。

敵はわかった。だが早々に打って出るには、魔獣も水葉も、そして菊名も消耗が激しく、万全の態勢を整えるにはいましばらくの休息が必要だった。以前であれば焦りを見せていた水葉も、自分の中の薄紅を受け入れたせいか、それとも戦いの中で成長したのか、ここはあえてじっくりいくべきだという結論に達していた。膝の上には、犬の姿の矢斬を乗せている。隣には猫の姿の火月が寝そべっていた。

「お前の、『抱いてはならない感情』というやつだ」

矢斬の声に、水葉は思わず紅茶を吹き出しそうになる。すると、隣で寝そべっていた火月ががばりと起き上がった。

「私も聞きたい！　それ！」

「い……いや、ちょっと……」

水葉はカップを置き、頭突きをせんばかりに詰め寄ってくる二匹を抑えようとする。だが、たとえ犬猫の姿になり、戦闘力が十分の一に落ちようとも、魔獣は魔獣だった。水葉はあっという間に縁側に押し倒されてしまう。

「こら！」

「なによ、聞かせなさいよ」

「あ、あれはその場の勢いというか…」

どうせなら、こういう時の彼らのあしらい方も身につけさせて欲しい。

水葉は自分の中の薄紅に向かって、恨めしげに訴えた。

「なんだ、あれは俺達をその気にさせるために適当に言った言葉だったのか？」

「違う！　それはない！」

適当などであるものか。今この瞬間だって、彼らは水葉にとってかけがえのない存在だ。思わずそう口走った時、犬猫である彼らの口元が、いっそ邪悪なほどににやりと歪められる。

「そう、じゃあ、こっちのお部屋でじっくり聞きましょうか」

「ちょっ…、待て、まっ…！」

二匹に襟首をくわえられ、手近な部屋にずるずると引きずり込まれる。ぴしゃん、と扉が閉まった後には、まだ微かに湯気の立つ紅茶のカップが残されていた。

「……っ！」

背後でぴしゃん、と戸が閉められ、畳の上に倒れ込んだ水葉が顔を上げた時、そこに立っていたのは人の姿をした矢斬と火月だった。

「……卑怯だぞ」

「俺達にしてみれば、あれだけ煽ってちゃんと言わないお前のほうがずるいと思うがな」

矢斬が腰を折って、その男ぶりのいい、端整な顔をぐい、と近づけてくる。思わず鼓動が跳ね上がった。

「そういうのって、言わなくてもわかるっていうか……」

「あー駄目駄目。私ら日本の神様だけどさ、日本男児のそういうのって、よくない傾向だと思うのよね。気持ちはちゃんと言葉にしないと」

でしょ？　と念押しして、火月の華やかな美貌も近づけられる。水葉は息が止まりそうになった。

「どうしても言えないってんなら、実力行使させてもらうけど」

これは、行為に持ち込まれて無理やり言わされるパターンだ。だが、そうそうその手に乗ってたまるものか。

「――――エッチの最中の言葉なんて、信憑《しんぴょう》性に欠けると思うけど？」

強がって笑う水葉に、矢斬が犬歯を見せてにやりと笑い返した。

「知らないのか？　最中のお前は、途轍《とてつ》もなく素直だってことを」

口答えする声は、口づけで塞がれてしまった。


「あっ、やっ、んんっ…！」

どこからともなく現れた縄で上半身を縛られ、膝立ちにさせられた水葉の前と後ろを魔獣達は口と舌を使って責めた。

矢斬に後ろの肉環をこじ開けられるようにして舌を這わされると、足先まで痺れそうになる。ねっとりと舌全体を押し当てられるようにされるのもたまらなかった。

「あっ、あうっ、あうぅう…っ」

それだけでも耐えられないというのに、前方のものを火月の口に含まれ、その熱い濡れた舌で意地悪く刺激される。

「あああ…っ」

腰骨が痺れそうな快感に、水葉の背が大きく仰け反った。前と後ろを同時に責められるのは嫌だと言っているのに、彼らはそれをやめてくれた例《ためし》がない。自重を支えているのは己の両膝のみで、水葉は力が抜けそうになるのを必死で耐え、緊縛された身体を汗に濡らして悶えた。

「あっ、ああ…っ、だめ、あ、イく…っ！」

「イってもいいが、やめないからな？」

「そうそう、水葉がちゃんと言うまで、これ続けるからね」

「そ、そんな…っ、あぁあああ……っ」

粘膜を舐められ、吸われる快感に、水葉は簡単に達してしまう。

「くう、ううう…っ！」

脚の間で噴き上がるものは、火月がすべて舐め尽くし、飲み下してしまった。後ろにはとうとう矢斬の舌先が挿入されてしまって、入り口のあたりを穿《ほじ》られる刺激に全身が痺れる。

「あ、あ、ひぃ…んっ、あっ、いやあぁ…っ！」

イってばかりのそこを休みなく舐められるのはつらい。泣き喘ぐ水葉に対し、けれど彼らの愛撫は緩まなかった。

「そら、早く言わないと、またイってしまうぞ？」

「あう、あ、あ…っ！」

身悶えする度に、身体を戒めている縄が皮膚に食い込む。まるできつく抱き締められているみたいだと思った。頭の中がぼうっとして、理屈めいたことが何も考えられない。あるのは衝動と、欲望と、感情のみだった。

「あっ、す、好きぃ…っ」

思わず口から飛び出た言葉が、水葉の熱を更に上げる。感極まったのか、涙まで溢れてきた。

「…コレが？　私達が？」

「ど、どっちも…っ、どっちもすき…っ、あ、やだ、こんなの、こんな時に言いたくな…っ」

水葉は次の瞬間、高い声を上げて続け様に達してしまった。下半身がありえないくらいにがくがくと震える。とうとう力を失って倒れてしまった身体を、矢斬が受け止めた。

「悪いな。どうしても聞きたかった」

「……っ、うっ、あ…っ」

しゃくり上げる水葉に、後ろから矢斬が、そして前から火月が口づける。

「お詫びに気持ちよくしてあげる」

両膝の裏に手をかけられて持ち上げられ、矢斬によって舐め蕩かされた後孔に火月の男根があてがわれた。下からこじあけられ、その凶悪なものの先端を呑み込まされて、さらに淫らによがってしまう。

「あぁぁあんんっ」

「…っ、私も、どんな時もあんたのことを可愛く思ってるからね。魂ごと食べちゃいたいくらい」

「気が遠くなるほどに生きているが、こんな執着を持つことになるとは思わなかった。その責任はとってもらうぞ」

「っ、あっ！　そんなっ、また一緒にっ……！」

続いて矢斬のものが、同じ孔に這入ってくる。通常ならばとても無理な行為を受け入れ、水葉は快感に全身を痙攣させた。

「あああっ……！　はあぁあ……っ！」

二本の凶器が、じゅく、じゅく、と音を立てながら、水葉の肉洞を犯していく。その熱さと硬さに支配され、全身が多幸感に包まれた。

いつか、すべてが終わったら、この獣に魂を食らい尽くされてもいい。そうしたら、ひとつの存在となって、永遠に共にあれるだろうか。

「ふ、くう、んあああぁあ……っ」

魔獣達に挟まれ、揉みくちゃにされて、水葉は何度も絶頂を迎えた。それと同じくらいに何度も口づけをされ、可愛い好きだと囁かれる。それは彼らの求愛の行動なのだ。快楽に朦朧《もうろう》とし始める意識の中で、水葉はぼんやりとそんなことを思った。

指が食い込むほどに太股を掴まれ、じゅぷじゅぷと続けられる抽挿。その度に感じる粘膜に造りかえられた肉洞が狂おしげに収縮し、突き上げてくる男根に情熱的に絡みつく。

もう声も出せなくなった水葉は、仰け反りながら絶頂を繰り返す。それは至福の時だった。

「――――あ――――」

その時、無意識の奥深くに、美しい巫女《みこ》姿の人が浮かび上がる。

どこか神秘的な目をしたその人は、水葉に向かって、優しく微笑みかけた。

あとがき

こんにちは。西野《にしの》花《はな》です。「淫獣の楔 -生贄の花嫁-」を読んでくださりありがとうございました。

このあとがきは、心の清い人にしか見えません。

――というこことをやりたかったのですが、やったら間違いなく担当さんからはちゃめちゃに怒られそうな予感がするのでやめておきます。

あとがき三ページもいただいてしまって、そんなに書くことがないよ…と軽く呆然としてしまったのでした。

昔から、封印されているやばいモノを目覚めさせてそれを従えるという話が好きでした。やばいモノは圧倒的に強くて、なんらかの理由で、封印を解いた本人だけがそれを扱えるというのが萌える（燃える）ポイントです。そしてこの本はBLスケベブックなので、当然代償としては身体を求められますよね！

執筆にあたりまして、担当さんには今回もとても御世話になりました。いつもありがとうございます。

そして挿絵には笠井《かさい》あゆみ先生にお願いすることができました。いつもながら受けは美しく、攻めはかっこよくて色気のあるイラストにはうっとりです。そしてわかる人にはわかる話で申し訳ないのですが、ラフと出来上がりのあのギャップが毎回おもしろくてたまりません。

近況としましては、九月に引越しをしました。オタクの特性で荷物が多く、これまではモノの多さが収納を完全に上回っていて正直あまりいい環境ではなかったのですが、（税理士先生にも常々『引越しなさいよ』と言われていた）今回ついに引越しました。本当は半年くらいかけてじっくり探そうと思っていたのですが、一発目で見に行ったところがめちゃくちゃ収納が多くて広くてすっかり気に入ってしまい、ここに決めたのです。

しかし引越しの前日まで仕事に追われてほとんど何もできず、荷造りに来てくれた引越し業者の女の子にアレな本を箱詰めさせてしまうという最低なことをしてしまいました。それでもなんとかかんとか引越しまして、今とっても快適に暮らしています。収納場所があるっていいですね…！　でも、ここを終の住処にするつもりなので、あまり荷物を増やさないようにしなくては…。猫たちも最初はおっかなびっくりで、三日くらいあまりご飯を食べてくれず心配しましたが、今は元気にそこらを走り回ってくれています。しかしまだダンボールが残っているので、最後までちゃんと片付けなくては。

あと最近は体力の低下を自覚することがありまして、もう無理のできない年齢なのだなと思うことがありますね。それでも時々はどうしても無理をしなければならない時がありますから、せめてその後にすみやかにリカバリをできるようにしたいと思います。あと、もっとインプットをする！　アウトプットだけではどうしても枯渇してしまいますからね。

さて、ノルマの三枚目に到達しました。あまり深刻なお話はしたくないタイプなんですが、昨今のＢＬ小説界の現状を見るに、私ももっと気を引き締めてがんばらないと…とは思います。

それと同時に、でもそういうの気にせずに好きにやっていったほうが案外うまくいくかも〜とも。でも前にどなたかが言っていた、「負けた後のこととか、負けたらこうしよう、と思っていると負ける」という言葉が頭に残っているので、私は私でマイペースでがんばりますね！　でも締め切りはマイペースじゃいけないよ！

それでは、またお会いしましょう。

西野　花

【Twitter】@hana_nishino

初出一覧

ダリア文庫をお買い上げいただきましてありがとうございます。
この本を読んでのご意見・ご感想・ファンレターをお待ちしております。

〒170-0013 東京都豊島区東池袋3-22-17　東池袋セントラルプレイス5F
(株)フロンティアワークス　ダリア編集部
感想係、または「西野 花先生」「笠井あゆみ先生」係

この本のアンケートはコチラ！
http://www.fwinc.jp/daria/enq/
※アクセスの際にはパケット通信料が発生致します。

淫獣の楔 -生贄の花嫁-

2019年11月20日　第一刷発行

著　者
西野 花

発行者
辻 政英
発行所
株式会社フロンティアワークス
〒170-0013 東京都豊島区東池袋3-22-17
東池袋セントラルプレイス5F
営業　TEL 03-5957-1030
編集　TEL 03-5957-1044
http://www.fwinc.jp/daria/
印刷所
中央精版印刷株式会社